달
위
의

낱
말
들

달
위의

낱말들

황경신 지음

소담출판사

　　모든 여정에는 여행하는 자는 알 수 없는 은밀한 목적지가 있다.

_벨리즈 속담

차고 신선한 물을 물통 가득 채웠다. 튼튼한 머리끈으로 머리를 묶고 신발끈도 단단히 조였다. 왼쪽 주머니에는 물통을, 오른쪽 주머니에는 햇살의 냄새가 스며든 손수건을 넣었다. 바람은 어디에서 어디로 부는가. 바람에 밀리며 걸을 것인가 혹은 바람을 맞으며 걸을 것인가. 해는 어느 하늘에서 솟구쳐 어느 하늘로 내려앉는가. 긴 그림자를 끌고 걸을 것인가 혹은 해를 등질 것인가. 자유로운 두 손을 뻗어 그런 형편들을 가늠하고 걸음을 옮겼다.

　　멀고 가까운 길이었다. 익숙하고 낯선 길이었다. 모두가 아는 길이고 아무도 모르는 길이었다. 수천 번 닿았으나 한 번도 이르지 못한 길이었다. 그리고 나는 길을 잃었다. 기꺼워하며 당황하며, 놀라며 안도하며, 외치며 침묵하며.

　　낱말의 숲속에서 자라는 낱말의 나무, 나무마다 주렁주렁 열려 있는 낱말의 열매를 땄다. 던져보고 굴려보고 핥아보고 깨물어보았다. 잘 익은 낱말 한 알을 당신에게 주려고 사랑을 품듯 마음에 품었다. 하지만 당신이 건네받은 낱말은 맛과 생기를 잃어버린 지 오래, 당신은 어리둥절했고 나는 속이 상한 채로 우리 사이에는 오해가 쌓여갔다. 낱말의 열매들은 망각의 정원에 버려져 뭉그러지고 썩어갔다.

어느 적막하고 쓸쓸한 밤, 당신이 그리워 올려다본 하늘에 희고 둥근 달이 영차 하고 떠올랐다. 달은 무슨 말을 전하려는 듯 고개를 갸우뚱하고 나를 바라보았다. 달의 표면에 달을 닮은 하얀 꽃들이 뾰족 솟아 있었다. 썩은 열매의 씨앗들이, 바람을 타고 달로 날아가, 꼬물꼬물 싹을 틔우고 뿌리를 내리고 잎을 뻗고 꽃잎을 여는 중이었다. 터지고 쫓고 오르는 것들, 버티고 닿고 지키는 것들이 거기 있었다. 인연과 선택과 기적이 거기 있었다. 뭔가 다른 것이 되어. 말랑하고 따뜻하고 착하고 예쁜 것이 되어.

그날 이후, 나는 종종 고요하고 가끔 행복했다. 낮이면 우주 같은 바닷속에서 먼지 같은 나를 겪고, 밤이면 천천히 양을 세며, 세상은 그리 잘 만들어지지 않았다고 중얼거리며, 나를 보호하려는 본능도 없이, 숨김도 없고 쉼도 없이 차곡차곡 숨을 쉬듯, 사랑을 했다. 마음이 내키면 또 한 번 물통에 물을 채우고, 신발끈을 조이고 길을 떠났다. 그럭저럭 내 인생을 좋아하게 되었다. 그리고 내가 할 수 있는 이야기는 아마도 여기까지. 덧붙이자면, 이 책은 순서대로 읽지 않기를, 아무 페이지나 마구 펼쳐 마구 읽기를 부디 바랍니다.

차례

2. 사물의 노력

1.

단어의 중력

내
리
다

⌣

마침내 너는 알아버렸다. 믿을 수 없는 일이 벌어져도
믿을 수밖에 없다는 것을. 내 것이라고 굳게 믿었던 것도
빼앗길 수 있다는 것을.

    일곱 살의 너는 두레박을 내렸다. 동글고 깊은 우물 속에 하얀 달이 떠 있었다. 딱히 물이나 달 같은 걸 길어 올리고 싶은 건 아니었다. 며칠 전의 '사건'으로 인해 알아버린 '상실'을 음미하는 중이었다.

    그 사건은 환한 대낮에 일어났다. 그때도 너는 외갓집 마당에 있는 우물을 들여다보고 있었다. 우물 안에는 달이 아니라 외할머니가 넣어둔 수박이 둥둥 떠 있었다. 네가 우물 안쪽으로 몸을 기울이자, 네 목에 매달려 있던 조그만 지갑이 흔들렸다. 빨간 사과 모양에 끈이 달려 있어, 목걸이처럼 목에 걸 수 있는 지갑이었다. 지갑 속에는 백 원짜리 동전 세 개와 외할아버지에게 받은 천 원짜리 지폐 한 장, 그리고 유리구슬 세 개가 들어 있었다. 구슬치기는 하지 않지만 알록달록한 색깔이 예뻐 사촌오빠에게 얻은 것이었다.

달랑달랑, 지갑이 움직이는 모양이 재미있어서 너는 몸을 앞뒤로 흔들었다. 그러다가 손으로 흔들면 더 재미있을 것 같다는 생각이 들어 끈을 잡아 목에서 빼냈다. 손가락으로 고리를 만들어 그 사이에 끈을 끼우고 지갑이 둥글게 움직이도록 원을 그렸다. 파란 수박 위에서 빨간 사과가 춤을 추었다. 너의 입은 알 수 없는 곡조를 흥얼거렸고 너의 손놀림은 점점 빨라졌다. 사과가 그리는 원에 눈알이 핑글핑글 돌아갈 지경이 되었을 때, 너는 툭, 끈을 놓쳐버렸다. 곧이어 찰싹, 지갑이 물에 닿는 소리가 들렸다. 무슨 일이 일어난 건지 네가 깨닫기까지 5초 정도가 걸렸다. 어떻게 해야 할지 알아내느라 1분 정도가 더 지나갔다.

너는 두레박을 내려 지갑을 건져보려 했다. 한 번도 해본 적이 없는 일이라 너의 손길은 서툴렀다. 그사이에 투박한 천으로 만들어진 지갑은 물을 먹고 천천히 가라앉았다. 지폐도 동전도 구슬도 아깝지 않았지만 지갑은 너에게 무척 소중하고 결코 잃어버려서는 안 되는 것이었다. 지갑이 완전히 사라졌다는 것을 받아들이는 데 10분 정도가 걸렸다. 사실을 인정하는 순간 사실이 될 것 같아 9분 동안 부정했기 때문이었다. 하지만 마침내 너는 알아버렸다. 믿을 수 없는 일이 벌어져도 믿을 수밖에 없다는 것을. 내 것이라고 굳게 믿었던 것도 빼앗길 수 있다는 것을. 과장하고 확대하자면 세상에 영원히 존재하는 것은 없다는 것을. 그런 결론에 이르렀을 때 땅거미가 내렸다.

그날 이후, 너는 아무것도 원하지 않는 아이가 되었다. 소나기가 내려도 함박눈이 내려도 굳이 피할 곳을 찾지 않았다. 땅거미가 내리면 쳇바퀴 같은 일상에서 내려 집으로 돌아갔다. 운명의 수레바퀴가 빙글빙글 돌면 너도 빙글빙글 돌고, 절망이 찾아오면 기꺼이 침몰했다. 높은 곳으로 오르는 대신 낮은 곳을 찾아 내려갔다. 당기는 것들에 끌려가고, 밀어내는 것들에 밀려났다.

스무 살에 사랑이 찾아왔다. 하루에도 수십 번씩 빛이 명멸하고 꽃이 피었다 시들었다. 네 곁에 있는 사람은 뜨겁다가 차가워지고 다정하다가 냉정해졌다. 너의 평화는 깨어졌다. 안달하는 마음과 분별없는 생각이 머릿속에서 춤을 추고, 어리석은 행동과 무의미한 말이 마구 뿌려졌다. 당황한 너는 코너에 몰려 주저앉아 버렸다. 크리스마스의 불빛들이 거리를 가득 채울 무렵 사랑은 막을 내렸다. 사람들은 막이 내린 무대 뒤에 웅크리고 있는 너를 알아차리지 못한 채 들뜬 발걸음으로 지나쳤다. 그러자 안도가 너를 감쌌다. 네가 찾아다닌 것은 사랑이 아닐지도 모른다는 의심이 처음으로 찾아왔다. 한때 너의 것이던 존재가 한순간에 사라지는 세상에서, 살아남기 위해서는 아무것도 소유하지 않는 것이 현명할지도 모르겠다는 희미한 확신이, 네 마음에 조그마한 뿌리를 내렸다.

그런 마음을 먹었다고 해서 아무 일도 일어나지 않는 것은 아니다. 그 후에도 휘둘리고 무너지는 낮과 비틀거리고 부딪치는 밤이 너의 삶을 수시로 습격한다. 소망한 적 없던 사랑이 네 마음을 들락거리고, 한낮의 이별과 한밤의 후회가 교대로 찾아온다. 그때마다 너는 빨간 사과를 떠올린다. 사과 모양의 지갑이 더 깊은 곳으로, 더 낮은 곳으로 내려앉던 기억을 호출한다. 지금쯤 그것은 지구의 중심에 닿았을지도 모른다. 그곳에 단단한 뿌리를 내렸을지도 모른다. 그런 생각에 잠겨 있을 때면 어디선가 사과꽃 향기가 풍겨온다. 네가 향기를 소유하는 대신 향기가 너를 소유한다. 이것으로 좋지 않은가, 이만하면 괜찮지 않은가, 이제 겨우 인생의 미열이 내려갔으니 커튼을 내리는 것으로 족하지 않은가. 너는 세계의 귓가에 대고 속

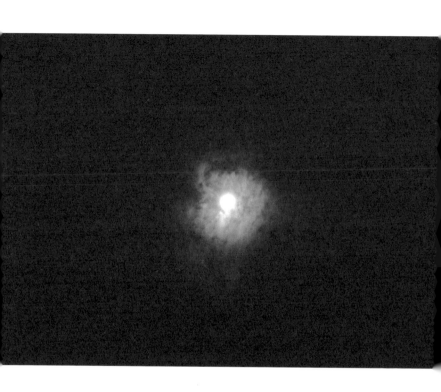

단어의 중력

삭인다.

희끗희끗한 머리카락을 쓸어 올리고 반듯한 자세로 누워, 너는 처음이자 마지막으로 삶에게 명령을 내린다. 너의 짐을 내려달라고, 너를 지구의 중심까지 내려달라고. 먼 훗날 누군가 두레박을 내려 너의 영혼을 길어 올린다면, 너는 기꺼이 다시 한 번 세상에 내려앉겠다고. 비가 되어, 빛이 되어, 혹은 땅거미가 되어.

찾
다

"불완전함을 채워줄 반쪽 같은 게 있을 리 있나.
세상은 그렇게 잘 만들어지지 않았어."

"프랑스 북서부 해안에 있는 인구 1,400여 명인 블루 카비아에서 열린 이 축제는 지난 17세기부터 시작되었습니다. 다른 마을보다 쌍둥이 출산율이 유난히 높았던 이 마을에서, 이들을 위한 잔치를 베풀기 시작한 것이 유래가 되었습니다."

네가 텔레비전에서 그 축제를 본 건 22년 전이었다. 똑같은 헤어스타일을 하고 똑같은 옷을 차려입은, 똑같이 생긴 사람들이 카메라를 향해 활짝 웃으며 손을 흔들었다. 멜빵바지에 헤어밴드를 한 아저씨 쌍둥이, 은발의 할머니 쌍둥이, 빨간 머리에 빨간 스커트를 입은 어린 세쌍둥이도 있었다. 그들은 한 둥지 안에서 날개를 비비는 어린 새들처럼 다정하고 행복해 보였다.

'완전하고 완벽해. 그리고 나는 불완전하고 모자라는 인간이야.'

고작 아홉 살이었던 너는 그 순간, 누구도 가르쳐주지 않은 진리를 깨달았다. 아무런 근거도 없었으나, 적어도 너에게는 망치로 내려쳐 박은 못처럼 분명하고 선명한 진리였다. 너는 완전해져야 했고 완벽해져야 했다. 그러기 위해서는 너의 잃어버린 반쪽을 찾아야 했다.

너와 한날한시에 태어난 그는 지금 어디에서 어떻게 살고 있는 거냐고 네가 물었을 때, 어머니는 어이없어했고 아버지는 웃음을 터뜨렸다. 어린아이의 엉뚱한 생각이라며 제대로 상대해 주지 않았다. 너는 어안이 벙벙했다. 사람이 이토록 불완전하게 생겨날 리는 없다, 세상의 모든 이들은 완전한 한 쌍으로 태어나는 것이 틀림없다, 종종 외롭고 쓸쓸한 기분이 드는 건 네가 반쪽이기 때문이다, 눈앞에서 타오르는 불꽃처럼 뻔한 사실을 어째서 다들 모르는 걸까, 너는 생각했다. 아니, 다들 모른 척하고 있는 걸까.

머릿속에 단단히 둥지를 튼 확신은 무뎌지지도 사라지지도 않았다. 오히려 날이 갈수록 튼실한 가지를 뻗어 올리고 어지러운 꽃을 피웠다. 외톨이로 살지 않겠다는 너의 다짐은 하루하루 단단해졌고, 스무 번째 생일에 마침내 네 등을 떠밀었다. 그날부터 너는 온 세상을 뒤지고 살폈다. 길 잃은 아이를 찾는 엄마처럼, 마당에 떨어진 좁쌀을 찾는 참새처럼 애를 끓이며, 너를 완전하게 만들어줄 한 사람을 발견하기 위해 떠돌아다녔다. 그렇게 또 10년이 흘렀다.

서른 번째 생일에, 너는 프랑스 북서부 해안의 블루 카비아에 도착했다. 딱히 작정한 것이 아니라 흐르는 대로 흘러가다 닿은 곳이었다. 마을은 바다에서 불어오는 11월의 바람으로 스산했고 축제의 흔적은 어디서도 찾을 수 없었다. 운명이나 인연을 기대했던 네 마음에도 차가운 바람이 불었다. 바람은 네 마음속 텅 빈 구멍을 휘돌며 네게 속삭였다. 너는 영원히 너의 반쪽을 찾지 못할 거라고, 평생을 외롭게 살다가 외롭게 죽을 거라고.

길 위에서 보낸 10년의 세월처럼 갈피를 잡을 수 없이 휘날리는 낙엽을 밟으며, 너는 인적 없는 거리를 오래 걸었다. 너를 따라오는 것은 저물어가는 해가 드리운 긴 그림자뿐이었다. 광장에 있는 작은 카페 앞에서 너는 걸음을 멈추고 뜨거운 에스프레소를 주문했다. 밤처럼 검은 커피를 앞에 놓고 생각

에 잠겨 있던 네가 무심코 고개를 들었을 때, 옆 테이블의 누군가와 시선이 마주쳤다. 멜빵바지를 입고 헤어밴드를 한 은발의 노인이었다. 턱을 괴고 있는 손등에는 늙은 나무껍질 같은 버짐이 피어 있었다. 들고 나는 소리나 기색도 없이 어느새 거기 앉았을까, 네가 갸웃거리자 노인은 빙그레 웃었다.

"사실은 이미 알고 있지?"

입술도 움직이지 않고 노인이 말했다.

"알고 있으면서도 용납하지 못하는 마음이 깊은 곳에 있는 거겠지. 이생이 아니라 전생에서라도, 전생의 전생에서라도, 어쩌면 태초에는, 인간은 완전하고 완벽했을 거라는. 그런데 어쩌다 둘로 갈라져 온갖 쓸쓸함을 견디면서 외톨이로 살아가게 된 거라는."

너에게서 시선을 떼지 않은 채, 노인은 다시 빙긋 웃으며 눈썹을 씰룩거렸다. 장난기 어린 그의 얼굴이 어쩐지 익숙했다. 22년 전, 텔레비전에서 본 아저씨 쌍둥이 중 한 명이었다.

"이 마을에서는 쌍둥이가 많이 태어나지. 나도 그중 하나고. 그런데 20여 년 전에 둘 중 하나가 훌쩍 떠나버렸어. 하나부터 열까지 사사건건 닮은꼴을 보며 사는 게 지겹다고. 세상에서 유일한 존재가 되고 싶다고. 자신을 찾겠다고."

스르르, 노인은 자리에서 일어났다.

"불완전함을 채워줄 반쪽 같은 게 있을 리 있나. 세상은 그렇게 잘 만들어지지 않았어."

그는 휘청휘청 멀어졌다. 지금까지 외로웠고 이제부터 영원히 외로울 너와 불완전한 세계 위로, 완벽한 노을이 내려앉고 있었다.

터
지
다

〜

꽃은 피어나는 것이 아니라 터지는 것이다.
봉오리는 가만히 벌어지는 것이 아니라 둑이 무너지듯
폭포가 쏟아지듯 와르르 솟구치는 것이다.

네가 여섯 해 동안 살았던 원룸은 작고 어두웠다. 창문도 없어서 좁은 발코니에서만 밖을 내다볼 수 있었는데, 그래봤자 보이는 건 아스팔트와 못생긴 건물들이었다. 그래도 여섯 번의 봄은 찬란했다. 건물 외벽에 기대듯 자란 벚나무 두 그루 때문이었다. 벚꽃이 망울을 터뜨린 봄밤에, 너는 발코니에 놓인 꼬마 의자에 홀로 앉아 피고 지는 날들의 명랑함과 허무함을 헤아렸다.

그 여섯 해 동안, 네 인생에 여러 가지 일들이 일어났다. 조금도 기쁘지 않은 사랑이 들이닥쳤다가 갑자기 꽁무니가 빠져라 달아나는 바람에 살맛을 잃고 자리에 누워, 누군가 살해당하고 누군가 도망 다니는 범죄드라마만 줄기차게 보기도 했다. 정신과 의사인 후배가 우울증 진단을 내리고, 너를 또 다른 정신과 의사에게 보내어 상담을 받게 했지만, 처방받은 약 대신 맥주를 홀짝이며 캄캄한 어둠 속에 버려진 인형처럼 앉아 있던 밤들도 있었다. 끝나지 않을 것 같은 이별이 지나고 어린 연인을 만났지만, 살을 파먹고 뼈를 부수는 사랑을 이미 알아버린 너는 서둘러 그를 내쳤다. 그사이에 너의 가까운 친구는 알코올중독으로 정신병원에 실려 갔고, 밤이면 네게 전화를 걸어 알 수 없는 이야기를 늘어놓았다.

그때부터 너는 아무 일도 일어나지 않는, 어떠한 반전도 없는, 무미하고 건조한 삶을 꿈꾸기 시작했다.

이사하던 날, 너의 걸음에는 머뭇거림이 없었다. 텅 빈 방의 문을 단호하게 닫고 짐이 가득 쌓인 트럭에 올랐다. 트럭이 골목을 빠져나갈 때 너는 단 한 번 뒤를 돌아보았다. 거기에 두 그루의 벚나무가 있었다. 무상으로 누렸던 사치, 낡고 누추한 일상과 동떨어진 존재, 그래서 아름답고 그래서 서글펐던 봄밤들이었다. 꽃이 피려면 아직 두어 달쯤 남았구나, 너는 중얼거리며 보일 듯 말 듯 미소를 지었다.

새로 살게 된 집은 지난번 집보다 밝았고 발코니 밖에 나무들도 있었으나, 겨울바람을 맞고 서 있는 앙상한 가지들은 영 시원치 않아 보였다. 그래서 유난히 늦장을 부리던 봄이 마지못해 엉금엉금 기어 나온 그날, 팝콘처럼 희고 작은 알갱이들이 나풀거리고 있는 창밖의 풍경을 너는 믿을 수 없었다. 꽃은 피어나는 것이 아니라 터지는 것이다, 봉오리는 가만히 벌어지는 것이 아니라 둑이 무너지듯 폭포가 쏟아지듯 와르르 솟구치는 것이다, 너는 다짐하듯 스스로에게 말했다.

너는 사전에서 터질 폭(爆)을 찾아 한동안 들여다보았다. 불 화(火)와 사나울 폭(暴)이 만나서 만들어진 말. 갇혀 있던 불이 사나운 기세로 뛰쳐나오는 것일까. 여리고 가냘픈 꽃망울이 북풍 부는 겨울 내내 불을 품고 있다가 세계의 온도와 습도를 가늠하여 팡, 터져 나오는 것일까.

너는 너의 마음속을 뒤져 네 속에 숨어 있을 법한 불같은 것을 찾고 싶었다. 사소한 계기를 핑계 삼아 솟구쳐 나올, 그래서 한순간 세상을 밝힐 환한 무엇을 너도 갖고 있었어야 했다. 삶이 너를 쥐고 뒤흔드는 동안 터지지 않기 위해 안간힘을 써왔다는 것을, 불씨가 보일 때마다 모질게 짓밟아 왔다는 것을 너는 뒤늦게 깨달았다. 아무 일도 하지 않으면 아무 일도 일어나지 않으리라 믿으며.

너는 세상의 터지는 것들을 되뇌었다. 무너지고 뚫어지고 찢어지는 것들. 홍시가 터지고 제방이 터진다. 입술이 터지고 솔기가 터진다. 코피가 터지고 폭죽이 터진다. 분통이 터지고 울음이 터진다. 운수가 터지고 일복이 터진다. 꽃망울이 터지고 가슴이 터진다. 터짐을 헤아리던 너는 아주 오래된 노래 하나가 떠올라서 피식 웃어버렸다. '터질 거예요, 내 가슴은 당신이 내 곁을 떠나면.' 당신이 떠나고 터지지 못했던 마음이어서 속이 곪은 걸까. 어디로도 가지 못한 채, 그 자리에 발이 묶인 걸까.

네가 지난날들을 헤집고 헝클어뜨리는 사이, 터져 나온 꽃망울로 눈부시던 날은 지나가고 나무 아래 꽃의 무덤이 생겼다. 봄비가 무덤을 쓸고 지나가면 여름의 소나기가 나뭇잎을 적실 것이다. 가을의 스산한 찬비에 떨어진 나뭇잎들이 몸을 뒤척일 즈음, 볼품없는 가지는 눈을 기다리겠지. 그렇게 계절이 오고 또 가는 동안, 한껏 숨을 참으며 불씨를 키우고 있을 꽃들을 너는 상상했다.

무슨 일이든 일어나기를 바라는, 태양이 작열하고 폭풍이 몰아치는 것을 온몸으로 받아들이는 삶은 어떤 걸까. 사무치고 벅차올라 마침내 터지고 마는 그 순간의 화려한 절망 혹은 덧없는 환희는 어떤 맛일까. 터진 자리에는 흉터가 남겠지만 어차피 세월의 파도가 밀어닥치겠지. 위험한 것은 차마 터지지 못한 것들인지도 모른다. 너는 고개를 갸웃거리다 생각을 접었다. 그러나 그 봄날, 너의 창문은 내내 열려 있었다. 갇혀 있는 것들을 모조리 풀려나게 하려는 듯. 여태 품고 있던 것들을 비로소 놓아버리려는 듯.

쫓
다

⌣

너는 자주 체했고 그때마다 시간의 바늘은 힘차게 전진했다.
그 또한 지나갈 것임을 네가 이미 알고 있었기 때문이다.

집으로 돌아온 네가 슈트케이스를 열자, 희미한 바다 냄새
가 흘러나온다. 티셔츠와 반바지 속에는 모래알이 숨어 있다.
너는 무심결에 숨을 삼켰다가 긴 한숨과 함께 뱉어낸다. 50년
을 넘게 살았어도 시간의 역류에는 익숙해지지 않는다.

과거에 머물러 있던 시간의 밀도가 현재의 밀도보다 높을
때 시간은 역류한다. 추억이 끓어올라 화산처럼 폭발하고, 과
거에서 미래로 흐르던 시간이 방향을 바꾸는 것이다. 갑작스
러운 일격 또는 급습은 영혼의 명치를 가격한다. 충격, 혼란,

뒤이어 찾아오는 현기증으로 인해 너는 비틀거리며 주저앉는다. 다윗의 반지에 새긴 솔로몬의 지혜로운 말대로, 이 또한 지나갈 것임을 너는 안다. 시간만이 시간의 상처를 치유한다. 그것이 무자비한 시간의 유일한 자비이다.

15년 전 여름에 너는 그를 처음 만났다. 사랑이나 열정에 인생을 걸겠다고 덤빌 뜨거운 나이는 아니었으나, 너를 향해 뚜벅뚜벅 걸어오는 인연을 내칠 수 있는 차가운 나이도 아니었다. 그래서 너는 그를 네 인생의 일부로 받아들였다. 네 삶의 한 부분을 도려내어 그를 위한 자리를 만들었다는 것이 정확할지도 모른다.

해마다 여름이면, 너는 한철의 연인을 만나기 위해 하늘을 날아갔다. 불완전한 한 사람이 불완전한 다른 사람을 만나 완전해질 것이라는 믿음은 없었다. 하지만 혼자 가을과 겨울과 봄을 견딘 너의 심장은 사람의 온기를 원했다. 낯선 거리에서 너의 손을 잡아주는 사람의 손, 깊은 꿈에서 깨어났을 때 너의 이름을 불러주는 사람의 목소리, 네가 뜻하지 않은 기쁨을 맞이할 때 행복을 함께 누릴 사람의 심장을 원했다.

지난여름에도 너는 그 모든 것을 가졌다. 하늘은 푸르고 공기는 맑았다. 창을 열면 바다가 보였고 바람은 수평선 너머에서 불어왔다. 꿈은 솜사탕처럼 부드러웠고 잠은 우물처럼 깊

었다. 아침이면 너는 객실에 딸린 작은 발코니로 나가 햇살과 바람을 맞이했고, 너의 연인은 우유를 데우고 커피를 끓였다. 라디오에서 흘러나오는 음악을 들으며 하루를 어떻게 보낼까 궁리했고, 가벼운 차림으로 리조트를 나섰다. 산으로 향하는 길이 굽어져 바다에 이르고, 바다를 돌아 나가는 길이 산허리에 멎었다. 작은 레스토랑에서 늦은 점심을 먹고 바닷가에 들러, 너와 연인은 등을 맞대고 책을 읽었다. 저녁이면 발코니에 마주 앉아 노을을 바라보며 까만 맥주를 마셨다. 해가 저문 후에는 촛불을 밝히고 세상의 모든 노래를 불렀다.

완벽한 날들이었다. 그러나 너는 완벽하게 행복하지 않았다. 기이할 정도로 익숙한 연인의 눈빛이 까마득하게 낯설어지는 순간, 타인의 존재에 반응하는 너의 세포들이 두려워지는 순간이 문득문득 너를 찾아왔다. 너는 자주 체했고 그때마다 시간의 바늘은 힘차게 전진했다. 그 또한 지나갈 것임을 네가 이미 알고 있었기 때문이다.

쫓을 추(追), 생각할 억(憶). 이제 생각이 너를 쫓아온다. 사냥꾼이 노루를 쫓듯 끈질기게, 그러나 허수아비가 새를 쫓듯 무심하게. 너는 노루가 아니라 달아날 수 없고 새가 아니라 날아갈 수 없다. 쉬엄쉬엄 갈 착(辶)과 언덕 부(阜)가 결합한 쫓을 추(追)가 언덕길을 쉬엄쉬엄, 그러나 쉼 없이 올라온다. 생각할 억(憶) 속에는 두 개의 마음 심(心), 두 개의 심장이 있다. 연인의 품 안에서 두근거리던 과거의 네 심장, 그리고 시간의 역류 안에서 표류하는 현재의 네 심장이 어긋난 박자로 뛴다.

쫓을 추, 생각할 억, 애쓰지 않아도 생각은 쫓겨날 것이다. 사냥꾼에게 쫓기는 노루처럼 달아나고, 허수아비에게 쫓기는 새처럼 날아갈 것이다. 시간이 지나면 추억은 나이를 먹을 것이고, 나이를 먹은 것들은 너를 아프게 하지 않을 것이다. 지금 네가 누구도 아프게 만들 수 없듯이. 그리고 라이너 마리아 릴케의 아름다운 시가 얘기하듯, 지금 네 마음이 흐느끼는 것은 언젠가 네가 행복했기 때문이다.

소금기 어린 옷가지들을 세탁기에 넣기 위해 너는 자리를 털고 일어난다. 네가 움직이자 세계도 다시 움직이기 시작한다. 역류가 멈추고 시간은 현재에서 미래로 흘러간다. 익숙하지 않음에 익숙해진 너는 비로소 안도한다. 여름이 지나갔다. 이제 너는 과거 속에 고요히 잠이 든 시간을, 잠시 행복에 잠겼던 순간을, 네 곁에 머물렀던 불완전한 기억을 쫓으며, 가을과 겨울과 봄을 견딜 것이다. 완전을 원한다면 둘보다 하나라고 되뇌며, 무언가에 쫓기듯 생각을 쫓을 것이다.

지
키
다

너의 가지런한 세계는 네가 사랑에 빠진 순간 무너졌다. 한 사람이, 한 사람을
향한 하나의 마음이 질서를 무너뜨렸다. 그리하여 네가 할 수 있는 일은,
비밀을 지키고 침묵을 지킴으로써 그 은밀한 사랑을 지키는 것밖에 없었다.

"나는 하얗고 매끄러운 종이와 부드러운 잉크와 잘 써지는 펜이 필요하다. 나는 어디에서나 작업을 할 수 있지만, 머리 위에 지붕이 있어야 한다. 탁 트인 하늘은 구속이 없는 꿈과 구상에 좋긴 하지만, 정확한 작업을 하기 위해서는 천장의 보호가 필요하다."

_토마스 만*

토마스 만은 정확한 사람이었다. 매일 아침 8시에 일어나 9시부터 글을 쓰기 시작했고, 정각 12시에 작업을 마쳤다. 이후의 산책, 점심식사, 낮잠, 저녁식사 등도 시간표에 맞춰 진행되었다. 아이들은 순서를 기다려 그의 옷자락을 끌어당겼고, 손님들은 차례를 기다려 그를 만났다. 같은 시각, 같은 거리를 일정한 보폭으로 걸어가는 그를 바라보며 창가에 서 있던 노인은 시계를 맞추었을지도 모른다.

그는 질서로 자신의 세계를 지배했다. 혹은 질서가 그의 세계를 지배했다고 말할 수도 있다. 그의 문학은 규칙 안에서 태어나 성장하고, 영원히 살아남았다. 공장에서 돌아가는 기계처럼 찰칵찰칵 맞물리며 한 치의 오차도 없이.

수학만큼이나 아름다운 이야기라고 너는 생각했다. 비록 토마스 만의 소설을 읽으며 경탄한 적은 없지만 그의 삶은 충분히 경배할 만한 것이었다. '이제 무얼 할까' 혹은 '지금부터 무얼 하면 좋을까'를 고민한 적 없는 삶, 눈을 뜰 때부터 감을 때까지 째깍째깍 정밀하고 정연하게 흘러가는 삶, 짜임새와 조리가 있는 그 삶에는 더할 것도 뺄 것도 없었을 것이다.

세상은 언제나 제멋대로이고 사람의 마음은 항상 엉망진창으로 뒤바뀐다. 그래서 너는 규칙을 사랑했다. 혼란 속에서 규칙을 찾아 다듬고 가꾸고 지켜가는 것이 너의 보람이었다. 너는 성을 지키는 병사와 국경을 지키는 군인과 치안을 지키는 경찰에게 찬사를 보냈다. 절개를 지키는 선비와 충절을 지키

It's OK to
SNOOP!

는 신하와 정조를 지키는 지어미의 이야기를 탐닉했다. 교통 법규를 지키고 분수를 지키기 위해 마음을 쓰고 애를 썼다. 분리수거에 무심한 사람을 얕보았고 약속시간을 어기는 사람을 멀리했다.

　오르막을 올라가지 않으면 내리막을 내려갈 일도 없다. 뜨거운 행복은 없으나 무너지는 절망도 없는 매일, 향도 없고 맛도 없는 매 순간을 너는 일정한 보폭으로 터벅터벅 걸어갔다. 환상이나 공상이 개입할 틈은 없었다. 보이는 것은 보이는 그대로였고 들리는 것은 들리는 그대로였다.

　그러나 유감스럽게도 또 당연하게도, 네가 익히 알고 있듯이 세상은 제멋대로 굴러간다.

　처음에 너는 네게 무슨 일이 일어난 것인지 알 수가 없었다. 기껏해야 한 시간쯤 지났을까 싶었는데 다섯 시간이 지나 있었고, 한 시간은 흘렀을 거라 생각했는데 10분이 흘렀을 뿐이었다. 시계와 휴대폰이 동시에 고장을 일으킨 게 틀림없다고 믿었지만 고장 난 것은 시간에 대한 너의 감각과 너의 심장이었다. 시간이 뒤틀리자 기다렸다는 듯이 공간이 헝클어졌다. 누군가의 모습을 보고 다가갔는데 가로등의 긴 그림자였다. 너를 부르는 목소리를 듣고 돌아보았는데 나뭇잎을 가로지르는 바람이었다. 정확한 것들이 부정확해지고 확실한 것들이 불확실해졌다. 규칙이 사라진 자리마다 우물처럼 깊고 캄캄한 혼란이 고였다.

너는 손목에 손가락을 대고 맥박을 재보았다. 정상적인 성인이라면 1분에 60회에서 80회 뛰어야 할 맥박인데, 몇 번을 재보아도 110회가 넘었다. 눈앞이 흐릿하고 가끔 어지럽기도 했다. 힘없는 손가락은 쥐고 있던 것을 번번이 떨어뜨렸고 풀린 다리는 돌멩이 하나에도 걸려 넘어졌다. 쿵쿵거리는 심장을 부둥켜안고 너는 비틀비틀 휘청휘청 병원을 찾아갔다.

자신감과 자부심으로 똘똘 뭉친 의사는 너의 몸을 거대한 기계 속에 밀어 넣고 꼼꼼하게 스캔했다. 하지만 결과를 통보하는 의사의 표정은 얼음을 통째로 삼킨 듯 차가웠다.

"각오는 하고 왔으니 솔직하게 말씀해 주세요."

네 말에 의사는 천천히 고개를 끄덕였다. 사실은 갸웃거리고 싶었지만 그의 자존심이 허락하지 않았을 것이다.

"이거 참, 곤란하군요. 심장박동이 비정상이라는 것 외에 다른 문제는 없어 보입니다만."

물을 많이 마실 것, 잠을 충분히 잘 것, 스트레스를 받지 말고 휴식을 취할 것이라는 처방과 함께 노란 알약 몇 개가 네게 주어졌다. 아마 비타민이었을 것이다.

집으로 돌아온 너는 책상 위의 컴퓨터를 치우고, 하얗고 매끄러운 종이와 부드러운 잉크와 잘 써지는 펜을 올려놓았다. 그날 이후, 매일 아침 8시에 일어나 9시부터 12시까지, 너는 글을 쓰기 시작했다. 낙서 같은 글은 시간이 지나면서 점점 꼴을 갖추어갔다. 음절은 단어가 되고 단어는 문장이 되고 문장은 생각이 되었다. 생각이 영글었을 때 너는 네가 고장 난 이유를 깨달았다.

　너의 가지런한 세계는 네가 사랑에 빠진 순간 무너졌다. 한 사람이, 한 사람을 향한 하나의 마음이 질서를 무너뜨렸다. 그리하여 네가 할 수 있는 일은, 백여 년 전의 어느 위대한 작가가 그러했듯, 비밀을 지키고 침묵을 지킴으로써 그 은밀한 사랑을 지키는 것밖에 없었다. 모든 규칙을 파괴한 사랑이 스스로 새로운 원칙을 만들 때까지.

• 토마스 만은 베네치아 여행 중에 만난 한 청년에게 은밀한 사랑을 품었다. 그의 작품 『베네치아에서의 죽음』은 이 경험을 바탕으로 쓴 것으로 알려져 있다. _작가 주

오르다

첫 숨을 뱉은 순간 바위를 밀어 올려야 하는 것이 삶이었다.
하나의 봉우리를 오르면 다음 봉우리가 기다리고 있는 것이 삶이었다.

부조리의 인간은 이렇게 불처럼 뜨거우면서도 얼어붙은 듯 싸늘하고 투명하고 한정된 세계, 아무것도 가능한 것이 없으면서도 모든 것이 주어진 세계, 그 한계 밖으로 넘어서면 붕괴와 허무뿐인 하나의 세계를 엿보게 된다. 이리하여 그는 그 같은 세계 속에서 살아가기로, 그 세계에서 힘을, 희망의 거부를, 그리고 위안 없는 한 삶의 고집스러운 증언을 이끌어내기로 결심할 수 있는 것이다.

_알베르 카뮈

낡은 등산화에 눌어붙은 진흙을 털어내며, 너는 숨을 고른다. 산장은 눈앞에 있다. 하나의 봉우리를 넘으면 허락되는 잠깐의 휴식. 하지만 너는 섣불리 기뻐하지 않는다. 그 달콤함을 느긋하게 즐길 수 있는 사치는 네 인생에 없다는 걸 잘 알고 있기 때문이다.

나무문을 열고 들어서서, 너는 고여 있던 낡은 공기의 냄새를 마신다. 젊은 날에 네가 묵었던 산장은 대체로 불편했다. 땅속에 반쯤 파묻혀 있어 햇볕이 들지 않는 곳도 있었고, 돌아누울 수 없을 정도로 좁은 곳도 있었고, 우렁찬 폭포 소리에 귀가 먹먹해지던 곳도 있었다. 하지만 그 산장들은 모두 달랐다. 창을 열면 매번 다른 풍경이었고 귀를 기울이면 매번 다른 소리가 들렸다. 불안은 있었으나 지루함은 없었다. 그런데 어느 날부터, 네 눈앞에 나타나는 산장들의 모습이 닮아가기 시작했다.

'딱히 불만이 있는 건 아니야. 오히려 다행이지.'

중얼거리며 너는 배낭을 내려놓는다. 한때 그 배낭은 온갖 물건들로 가득했고, 몸이 휘청거릴 정도로 무거웠다. 피아노 악보와 기타를 짊어지고 다닌 때도 있었고, 플라멩코에 빠져 치렁치렁한 스커트와 빨간 구두, 머리에 꽂는 코르사주를 커다란 상자에 넣어 들고 다닌 때도 있었고, 독어 수업 교재로 배낭을 꽉 채운 때도 있었다. 이제 너의 짐은 단출하다. 물과 불, 남루하지만 편안한 옷가지, 그리고 몇 권의 책과 필기도구만으로도 삶이 족하다는 것을 알기 때문이다.

네가 물을 끓이는 사이, 어둠이 산장 곳곳에 스며든다. 램프를 켜고 너는 생각에 잠긴다. 산을 함께 오르고 산장에 같이 머물던 친절한 사람들과 다정한 연인이 네게도 있었다. 파도처럼 밀려왔다 바람처럼 사라진 얼굴들, 모래알처럼 손가락 사이로 빠져 나간 시간들이 불빛 속에 일렁인다. 만남과 이별 위로 세월이 겹겹이 쌓여 풍경은 고정되었다. 마치 벽에 걸린 그림처럼, 입을 열지도 않고 눈을 깜박이지도 않는 사람들. 책속의 등장인물들처럼 현실감이 없고, 낯설지만 친숙하고, 예기치 않은 순간 과거에서 불쑥 뛰쳐나와 말을 걸기도 하는 존재들이다.

떠나간 이들을 그리워하는 대신, 너는 램프에 의지하여 책을 읽는다. 불빛이 벽 위로 어렴풋한 그림자를 만든다. 네가 고개를 들자 그가 입을 연다.

"드디어 카뮈를 읽을 마음이 들었나 보네."

"위안이 필요하거든."

힘겹게 바위를 밀어 산의 정상에 올려놓아도 바위는 다시 굴러 떨어진다. 그 헛된 노력이 영원히 되풀이되는 시시포스

의 삶을 카뮈는 존재의 실존적 비극으로 규정했다. 그리고 삶의 부조리를 인지하는 것이 자유를 얻는 길이라고 주장했다.

"아무것도 가능한 것이 없으면서도 모든 것이 주어진 세계 속에서 살아가기로 결심한 건가?"

그의 말에 너는 눈을 가늘게 뜨고 허공을 응시한다.

"결심까지는 아니야. 지금까지 그렇게 살아올 수밖에 없었다는 걸 인정하고 앞으로도 그렇게 살아갈 수밖에 없다는 걸 받아들이지 않으면 살아갈 수 없다는 걸 알게 된 거겠지."

신들이 내린 그 벌이 과연 타당한가. 일생을 거짓과 속임수로 살았고, 여행자들을 죽였고, 죽음 앞에서도 신들을 기만했던 시시포스에게 부여된 영원한 형벌은 공정한 것인가. 그러한 생각으로 고심한 적도 있었다. 하지만 형벌의 연유는 더 이상 중요하지 않았다. 첫 숨을 뱉은 순간 바위를 밀어 올려야 하는 것이 삶이었다. 하나의 봉우리를 오르면 다음 봉우리가 기다리고 있는 것이 삶이었다. 짊어지고 있는 것이 많으면 힘겹고, 내려놓으면 허전한 것이 삶이었다. 그 짐을 가볍게 만들고 허전함을 견디는 것 외에 네가 할 수 있는 건 없었다.

그는 혹은 그의 그림자는 묵묵히 어둠 속으로 물러나고 너는 다시 혼자 남겨진다. 탄생이 너의 의지가 아니었듯 죽음도 네가 결정할 문제는 아닐 것이다. 그리고 네가 선택할 수 있는 건 오르느냐 혹은 오르지 않느냐, 둘 중 하나이다.

　너는 낡은 등산화의 먼지를 털고, 해진 옷가지를 수선하고, 너덜너덜한 책장을 또 한 장 넘긴다. 가진 것도 없고 가능한 것도 없지만, 세월이 남기고 간 추억만큼은 흘러넘칠 정도로 가득하니, 그에 의지하여 너는 또 오를 것이다. 다시 굴러 떨어지고 다시 오르기를 영원히 반복할 것이다.

이
르
다

⌣

"A에서 B까지 이르는 길이 멀수록 훌륭한 은유라고 하더군.
3억 년 전의 물고기에서 지금 여기 있는 우리, 이 정도면 충분히 먼 걸까?"

모든 사물은 은유다.

_로버트 프로스트

    어린 시절, 너의 하루는 달리기로 시작되었다. 너보다 12분 늦게 태어난 쌍둥이 아우를 앞서기도 하고 뒤서기도 하며 집에서 학교까지 달렸다. 신발끈을 단단히 묶고 빨갛게 상기된 뺨으로 뛰어가는 아이들을 바라보며, 부모님은 우애와 건강을 확인했다.

하지만 달리는 행위는 너의 일상인 동시에 피할 수 없는 경쟁이었다. A지점에서 시작하여 B지점에 이르기까지, 가장 짧은 거리를 선택하고 장애물을 피하여 기록을 단축해야 했다. 너는 아우를 이기기 위해 수단과 방법을 가리지 않았으나, 불행히도 네 아우는 운동신경이 뛰어났다. 이긴 날보다 진 날이 많았고, 그런 날이면 너는 아우가 타격 연습을 할 수 있도록 몇 시간이고 공을 던져야 했다. 어깨와 팔이 마비될 때까지 공을 던지며, 너는 A에서 B에 이르는 가장 빠른 방법을 찾고 말겠다고 줄기차게 다짐했다.

창조의 근원은 무엇일까? 예술가를 움직이고 예술을 예술로 기능하게 하는, 전에 없던 것을 처음으로 만드는 동력은 어디에서 비롯될까?

2000년 전, 아리스토텔레스는 '창조의 근원은 은유'라고 대답했다. 하지만 네 삶은 은유가 개입하는 것을 허락하지 않았다. 은유는 너의 사치였고, 창조는 너의 관심사가 아니었다.

네 아우가 프로야구의 세계에 시끌벅적하게 입성했을 때, 너는 고만고만한 중소기업에 들어가 밤낮을 가리지 않고 일했고, 물불을 가리지 않고 성과를 올렸다. 최단 거리와 최소 시간, 그리고 직진이 너의 좌우명이었다. 네가 최연소 이사라는 기록을 세웠을 때, 네 아우는 연일 최다 홈런의 기록을 경신하며 뉴스에 오르내리고 있었다.

더 이상 올라갈 곳 없는 피고용인의 자리가 시시해진 너는 회사를 뛰쳐나와 사업을 시작했다. 선천적인 재능과 후천적인 욕망이 시너지를 일으켜 너를 높은 곳으로 이끌었고, 그 과정에서 여러 사람이 몸과 마음을 다쳤지만, 그것이 약육강식의 세상이고 자본주의의 세계였다. 누구도 항의하지 않았으나 너는 매일 밤 그 대가를 치렀다. 끝없는 길을 끝없이 달려가는 꿈이었다. 그리고 너보다 한 발자국 앞에서 달려가는 누군가의 뒷모습을, 끝없이 쫓아야 했다.

'내 마음은 호수요'에서 A는 '내 마음'이고 B는 '호수'이다. 마음은 어떻게 호수에 이르나. 아리스토텔레스에 따르면, A와 B의 거리가 멀수록 은유는 훌륭해진다. 정재승 교수는 자신의 저서 『열두 발자국』에서, '멀리 떨어져 있는 것을 서로 연결하는 능력, 이것이 실제로 창의적인 사람의 뇌에서 공통적으로 보이는 현상이라는 사실을 21세기 신경과학자들은 실험을 통해 알아냈다'고 말한다.

네 아우가 갑작스러운 은퇴를 하고 시골로 내려갔다는 뉴스를 보았을 때, 너를 덮친 첫 번째 감정은 안도였다. 허탈이 그다음으로 찾아왔고, 배신감과 절망이 뒤를 이었다. 이 모든 것이 뒤섞여 혼란이 되었고, 너는 악몽에 쫓기다 마침내 아우

를 찾아갔다. 덥수룩한 머리카락과 수염으로 가려진 얼굴 속에서 반짝이는 눈동자가 너를 향해 미소를 지었다. 네가 한 번도 본 적 없는 낯선 미소였다. 너는 마음을 가라앉히려 했지만 너의 목소리는 퉁명스러웠다.

"뭘 하고 있는 거야? 이런 데서."

"시를 쓰고 있어."

고요하고 낮게, 아우가 대답했다.

"3억 년 전, 고생대 데본기의 바다에 등뼈를 가진 물고기가 있었어. 인간은, 우리는 거기서 시작되었지."

아우가 머물고 있는 오두막은 낡고 허름했고, 부실한 벽 안에 갇힌 바람이 윙윙 소리를 내고 있었다.

"A에서 B까지 이르는 길이 멀수록 훌륭한 은유라고 하더군. 3억 년 전의 물고기에서 지금 여기 있는 우리, 이 정도면 충분히 먼 걸까?"

무한의 동굴 같은 아우의 목소리에 압도되어 네가 어리둥절한 사이, 너의 몸속에서 윙윙 몰아치던 분노가 천천히 빠져나갔다.

"우리는 그 거리를 좁히려고만 했지. 매일 아침, 집에서 학교까지 달리면서 우리는 무얼 봤지? 이제 뭘 보게 될 거 같아? 죽음에 이르게 될 때까지."

"너는… 여기서 뭘 보고 싶은 건데?"

네 질문에 아우는 고개를 들고 창 너머 먼 하늘을 응시했다. 세계는 볼 수 없는 것들로 가득 차 있었다. 너의 등뼈가, 너의 생명이 시작된 그곳이 꿈틀거렸다. 푸드득, 보이지 않는 새들이 이를 데 없이 높은 하늘로 솟아올랐다.

버
티
다

⌣

매일 아침, 너는 하루 몫의 불행을 선별하여 저장하고,
마음 놓고 불행할 준비를 마친 다음 세상으로 나간다.

최고의 시간이었고 최악의 시간이었다. 지혜의 시대였고 어리석음의 시대였다. 믿음의 세기였고 불신의 세기였다. 빛의 계절이었고 어둠의 계절이었다. 희망의 봄이었고 절망의 겨울이었다. 우리 앞에 모든 것이 있었고 우리 앞에 아무것도 없었다. 우리 모두 천국으로 가고 있었고 우리 모두 반대 방향으로 가고 있었다.

_찰스 디킨스, 『두 도시 이야기』 중에서

아침에 너는 날씨를 살핀다. 최고기온과 최저기온, 풍속과

습도, 통합대기와 초미세먼지와 미세먼지와 자외선과 황사와 오존의 농도를 꼼꼼하게 확인한 후, 시간별 날씨와 주간날씨와 월간날씨를 알아본다. 눈과 비의 소식이 있으면 언제, 어디서, 어느 정도의 양으로 내릴지, 확률은 어느 정도 되는지 기억해 둔다. 그것으로 너는 너의 하루를 버틴다.

태어난 순간부터 지금까지, 너의 인생에 대단한 일은 일어나지 않았다. 그저 시간에 쫓기고 돈에 쫓기고 관계에 쫓기며 하루하루를 살아냈다. 어쩌다 가끔 즐거운 일도 있었고 벅찬 감정이 파도처럼 너를 덮칠 때도 있었지만, 그것들은 맹렬한 속도로 너를 지나쳐 갔다.

너의 상자에는 초콜릿보다 돌멩이가 많았다. 너의 카드에는 에이스가 단 한 장도 없었다. 네가 치러야 하는 대가에 비해 보상은 터무니없이 부족했다. 이별의 슬픔은 언제나 만남의 기쁨을 가볍게 뛰어넘었다.

그리고 한결같이 느긋하게, 변함없이 끈질기게, 나쁜 일들이 일어났다. 아무런 이유도 없이, 부당하고 불합리하게 닥치는 일들이 너를 흔들고 쥐어짜고 깨뜨렸다.

2억 년 전, 지구에 기생하고 있던 종 중 95퍼센트가 멸종했다. 얼마나 아름다운지, 얼마나 사나운지, 얼마나 영리한지는 중요하지 않았다. 대멸종은 95퍼센트의 생명에 한해 공평했다. 나머지 5퍼센트는 운이 좋았다. 살아남은 5퍼센트의 종은 그 후 생물의 전체 유형을 결정했다. 그토록 부당하고 불합리한 것이 인류의 바탕이고 생존의 규칙이다.

너는 행복하지 않았고 그것 때문에 화가 났다. 온 세상이 끝없이 행복을 강요하고 행복을 부르짖고 있어서, 그 생각에서 벗어날 수가 없었다. 너는 행복하지 않아 우울한 사람과 밥을 먹었고, 행복하지 않아 심심한 사람과 술을 마셨고, 행복하지 않아 절망한 사람과 여행을 떠났고, 그래서 행복하지 않음은 갈수록 깊어졌다. 너의 화도 갈수록 깊어졌다. 161년 전, 찰스 디킨슨이 『두 도시 이야기』에서 말한 것처럼, 모든 것이 앞에 있었지만 잡히는 건 아무것도 없었다. 너는 행복을 버리기로 결심했다. 어차피 천국의 반대 방향으로 가는 길이라면 기꺼이 그 길을 걷기로 했다.

날씨는 너의 불행을 정당하게 만들어주는 도구이자 핑계였다. 지나치게 추운 겨울이나 눈도 내리지 않는 따뜻한 겨울, 반드시 와야 할 봄을 방해하는 꽃샘추위나 너무 갑자기 들이닥치는 봄, 높은 온도와 습도로 숨이 턱턱 막히는 여름이나 갑자기 내리는 여름밤의 소나기, 스산한 가을바람이나 뚝뚝 떨어지는 낙엽으로 얼룩진 거리에는 불평할 거리가 충분했다.

통합대기가 '좋음'인 날이라도 미세먼지가 '나쁨'인 날에는

미세먼지 때문에 행복하지 않을 수 있었다. 자외선이 높을 때는 선글라스와 자외선 차단제가 필요하기 때문에, 오존의 농도가 0.151 이상일 때는 실외활동과 차량운행을 제한해야 하기 때문에, 황사가 밀려올 때는 환기를 시킬 수 없기 때문에 불행할 수 있었다. 진눈깨비와 우박과 눈보라는 신선한 자극이었고, 장마나 태풍 소식은 심장을 뛰게 해주었다.

매일 아침, 너는 하루 몫의 불행을 선별하여 저장하고, 마음 놓고 불행할 준비를 마친 다음 세상으로 나간다. 앞으로 닥칠 불행들, 이를테면 줄어들기만 하는 은행의 잔고가 가져다줄 생활고, 시간 내에 마무리하지 못한 일들로 인해 비롯될 곤란한 상황, 피치 못할 이별로 이어질 삐걱거리는 관계, 그리고 멀리 혹은 가까이 있는, 결국 너에게도 이를 죽음 같은 결정적인 불행들은, 사소하게 불행한 지금의 너로부터 한 걸음 물러난다.

그럼에도 불구하고 어제보다 힘겨운 날이 있다. 무척 드물지만, 완벽하고 완전한 날씨가 찾아오는 날이다. 그런 날에 너는 무겁고 깊은 불행에 빠진다. 돈도 없고 시간도 없는 것쯤은 참을 수 있다. 그리운 것은 연인의 다정한 손길이다. 네가 일찍이 외면했던, 찰나의 기쁨과 한순간의 벅참이다. 너는 열 개의 손가락 마디마디에 잔뜩 힘을 주고, 절벽 끝에 매달린 사람처럼 그 하루를 버틴다. 내일이면 다시 날씨가 안 좋아질 거라고, 그리하여 불행의 이유를 넉넉히 품게 되리라고 믿으며.

닿
다

그가 떠난 지 사흘째 되던 날 밤, 너는 그의 부재를 의식했다.
그의 부재가 곧 그의 존재라는 것을 깨달았다.

룸메이트가 떠난 지 사흘째 되던 날 밤, 너는 비로소 그의 빈자리를 느꼈다. 새벽 2시, 어둠 속에서 눈을 떴을 때 세상은 정적으로 가득 차 있었다. 룸메이트가 너의 공간에 존재할 때도 그 시간은 소란하지 않았다. 다만 누군가의 기척을 느낄 수는 있었다. 벽 하나 너머에서 숨 쉬는 생명의 기척, 잠이 든 생명의 기척, 소리를 내지 않으려는 생명의 기척이었다. 지나치게 예민한 너는 그 기척이 가끔 불편했다. 네가 아닌 다른 생명이 같은 공간에 존재한다는 사실을 잊기 위해 이불을 뒤집어쓰고 백 마리의 양을 세기도 했다. 그래서 그가 떠난 첫날과 둘째 날 밤, 너의 영혼은 푸른 풀밭을 마음껏 달리는 사슴처럼 평온했다. 아주 오랜만에 너는 밤새 한 번도 깨지 않았다. 상쾌한 아침이 돌아오고 샤워를 하기 위해 목욕탕 문을 열었을 때, 너는 김이 서려 있지 않은 깨끗한 유리를 발견하고 낮은 탄성을 뱉었다. 주방이나 거실을 서성거리는 발자국 소리, 문이 열고 닫히는 소리에 더 이상 귀를 기울이지 않아도 된다는 기쁨에 잠겨, 너는 샤워기에서 떨어지는 초롱초롱한 물방울들을 오래도록 바라보았다.

그는 1년 동안 너의 룸메이트였지만, 너는 그에 대해 아는 것이 없었다. 그를 맞아들인 건 7년을 함께 지냈던 연인과 헤어졌기 때문이었다. 너 혼자 집세를 감당하는 것은 무리였지만 너는 그곳을 떠나고 싶지 않았다. 네가 살고 있는 건물 바로 옆집에서 풍기는 고소한 빵 냄새, 횡단보도 건너편에 있는 작은 도서관, 다정하고 아늑한 시장 골목길을 포기할 수 없었다. 몇 안 되는 네 친구 중 한 사람이 네 사정을 듣고, 친구의 친구를 소개해 주었다. 너는 옛 연인이 서재로 사용하던, 그러나 책을 읽기보다 컴퓨터 게임을 하거나 비밀스러운 통화를 하며 시간을 보내던 방을 정리했다. 책과 옷가지와 가구를 내다 버리고 벽지를 새로 하고 바닥을 박박 닦는 것으로 7년이

라는 시간을 청소했다. 그 방에 룸메이트가 들어오던 날, 너는 삶이 가져온 변화에 치를 떨며 네 방에 틀어박혀 있었다.

너의 룸메이트는 조용한 사람이었다. 네가 아직 잠들어 있는 시간에 조용히 일어나, 네가 아직 침대에 있을 때 조용히 샤워를 했다. 네가 아직 샤워를 할 때 조용히 집을 나섰고, 네가 아직 귀가하지 않은 시간에 조용히 집으로 돌아왔다. 네가 아직 잠자리에 들기 전에 조용히 잠이 들었고, 네가 새벽 2시에 깜박 눈을 뜨면 소리를 내지 않으려는 기적을 냈다. 그는 지나칠 정도로 조용했지만, 너는 그를 끝없이 의식했다. 굳이 들추지 않아도 머릿속에 눌어붙어 있는 어떤 걱정처럼, 그는 너의 세계에 존재했다. 그가 떠난 지 사흘째 되던 날 밤, 너는 그의 부재를 의식했다. 그의 부재가 곧 그의 존재라는 것을 깨달았다.

그가 남겨놓은 건 잠시 여행을 다녀오겠다는 짧은 메모 한 장이 전부였다. 새벽 2시 반, 너는 유령처럼 흐느적거리며 냉장고를 열고 차가운 생수를 꺼내 벌컥벌컥 마셨다. 네 방으로 돌아가려던 너의 손끝이 그의 방문에 닿은 건 우연이었을지 몰라도, 방문을 연 건 너의 의지였다. 방은 텅 비어 있었다. 불을 켜지 않아도 알 수 있었다. 완벽한 침묵, 완벽한 어둠, 완벽한 부재 속에서, 너는 놀라지 않은 자신을 놀라워하며 천천히 양을 세었다. 한 마리는 열 마리가 되고, 열 마리는 오십 마리가 되고, 오십 마리는 구십구 마리가 되었다. 양들은 마지막 한 마리를 찾기 위해 텅 빈 방을 뛰어다녔다.

그토록 친밀했던, 그토록 길었던, 그토록 많은 것을 남겨둔 연인과의 시간이 갑자기 끝났을 때, 네가 할 수 있었던 유일한 일은 모든 문을 걸어 잠그는 일이었다. 세상의 모든 것과 거리를 두고, 스스로를 격리하고, 누군가에게 영향을 미치거나 받지 않도록 주의하는 일이었다. 눈길이 닿고 손길이 닿고 마음이 닿는 곳마다 장벽을 치고 벽을 올리는 일이었다. 말을 건네지도 않고 노래를 부르지도 않고 춤을 추는 몸짓도 하지 않는 일이었다. 너는 아무것도 하지 않았는데, 무언가는 또 누군가는 머물다 사라졌다. 그리고 그 끝에서 너를 기다린 것은, 너의 기대와 달리 또 한 번의 묵직한 이별이었다. 너는 룸메이트가 어떤 사람인지 몰랐고 그가 어디로 떠났는지 몰랐지만, 그는 부재의 흔적을 남김으로써 그의 존재를 증명했다. 너의 육체, 너의 정신, 너의 비밀은, 공기처럼 바람처럼 먼지처럼 세상과 맞닿아 있어야 했다. 인정하고 싶지 않았지만 그것으로 너는 살아 있었다.

이제 너는 닿음을 그리워한다. 만남의 포옹, 이별의 키스, 심장을 파고드는 상처의 애절함을 꿈꾼다. 룸메이트는 돌아

오지 않을지도 모른다. 눈길과 손길과 마음이 닿지 않는 세상에 영원히 갇혀, 머릿속에만 존재하는 백 마리의 양들을, 삶의 헛된 그림자를 쫓게 되리라는 두려움이 너를 흔든다. 새벽 햇살이 네모난 창문 틈으로 스며들 때까지, 너는 전화기를 붙잡고 텅 빈 방 구석에 앉아 단어를 고르고 문장을 다듬는다. 말한마디 제대로 섞어본 적 없었던 그의 마음 한쪽에 살짝 가닿기 위해.

쓰
다

⌣

기억을 잃어버린 하루에 대하여. 달과 행성과 외계인에 대하여.
명사와 동사와 형용사에 대하여. 새로울 것도 없고
빛날 것도 없는 당신의 일과에 대하여.

쓰세요.

카메라의 깜박이는 불빛을 바라보며, 너는 말한다.

세상으로 향하는 문이 닫힐 때, 우리는 홀로 앉아 무언가를 써야 합니다. 나에 대하여, 너에 대하여, 그리고 세상에 대하여. 혹은 나 아닌 것에 대하여, 너 아닌 것에 대하여, 그리고 세상이 아닌 것에 대하여.

쓰세요. 당신에게 일어났던 불행한 일에 대하여. 가볍고 사소한 불행, 무겁고 힘겨운 불행, 가벼웠다가 무거워진 불행,

힘겨웠다가 사소해진 불행을 얘기하세요. 그 불행은 어떻게 시작되었고 어떻게 진행되었고 어떻게 끝났나요? 어떤 전조 혹은 예감은 있었나요? 불행의 원인은 무엇이었나요? 그것을 막을 수 있는 방법은 없었을까요? 만약 그 일이 다시 일어난다면, 지금의 당신은 어떻게 할까요? 그때는 몰랐지만 지금은 아는 것은 무엇인가요? 그 불행으로 인해 당신은 어떻게 달라졌나요?

쓰세요. 잃어버린 것들에 대하여. 언제까지나 그 자리에 있을 줄 알았는데, 어느 날 문득 사라진 것, 왔다가 떠난 사람, 잘 작동하다가 망가진 물건, 갑자기 바뀌어버린 가치관, 마음속에 존재했으나 증발해 버린 감정에 대해 얘기하세요. 잃어버린 그것은 어디에서 왔나요? 그리고 어디로 갔나요? 무엇 때문에 그것을 상실했나요? 그로 인해 당신의 삶은 어떻게 변했나요?

쓰세요. 당신이 알지 못하는 미래에 대하여. 오늘의 당신과 10년 후의 당신은 어떻게 다를까요? 당신을 둘러싼 세상은 어떻게 변했을까요? 당신은 어디에서 무엇을 하며 살고 있을까요? 하늘은 여전히 푸르고 새들은 아직도 노래를 부르고 있나요? 당신은 혼자인가요, 아니면 누군가와 함께 있나요? 달라진 것과 달라지지 않은 것, 변해버린 것과 제자리에 남아 있

는 것은 무엇인가요? 당신은 무엇을 후회하고, 무엇에 감사하나요?

쓰세요. 어제까지 할 수 없었지만 오늘부터 할 수 있게 된 것에 대하여. 입에 대지 못했던 음식을 처음 먹어본 날, 수영이나 운전을 할 수 있게 된 날, 죽고 싶도록 괴로웠다가 문득 살 수 있겠다는 생각이 들어 툭툭 털고 일어난 날에 대해 얘기하세요. 걸음마를 시작한 아기가 되어, 나는 법을 배운 아기 새가 되어, 최초의 환희, 순간의 황홀을 느껴보세요. 절망에서 희망으로, 평범함에서 특별함으로 넘어가는 그날, 당신의 마음은 어디로 달려가나요? 누구와 함께 그 순간을 느끼고 싶은가요? 당신이 손을 뻗으려 하는, 당신이 그리워하는 그 사람은 누구인가요?

쓰세요. 세상의 모든 '처음'에 대하여. 아무것도 없는 상태에서 무언가가 생겨나는 순간에 대하여. 세상의 모든 '마지막'에 대하여. 하나의 존재가 세상에서 사라지는 순간에 대하여. 세상의 모든 것에서 은유를 찾아내고, 은유 안에서 세상을 바라보세요. 보이지 않는 것을 빛나게 하고, 소리 내지 않는 것을 노래하게 하세요.

쓰세요. 기억을 잃어버린 하루에 대하여. 달과 행성과 외계인에 대하여. 당신이 사랑하는 노래와 그림에 대하여. 명사와 동사와 형용사에 대하여. 새로울 것도 없고 빛날 것도 없는 당신의 일과에 대하여. 실제로 일어난 일, 일어나지 않았으나 일어났을 법한 일, 절대로 일어나지 않을 일을 하나하나 떠올리세요. 정면을 보고 뒷모습을 보고 뒤집어 보고 올려다보고 내려다보세요. 이랬다면, 저랬다면, 가정해 보고 상상해 보세요. 당신이 무언가를 쓸 때, 당신은 여기가 아닌 거기로 갑니다. 이 세계가 아닌 다른 세계에서, 한 번도 갖지 못했던 것을 갖게 됩니다. 단 하나의 우주에 갇혀 있는 당신은 무한한 우주를 만납니다.

너는 카메라를 끄고 두 손으로 얼굴을 덮는다. 기다렸다는 듯, 날카롭고 길게 재난문자가 울린다. 세상으로 향하는 문 하나가 또 닫히는 소리다. 어두워가는 방 안에 홀로 앉아, 너는 쓰기 시작한다. 너에 대하여, 나에 대하여, 혹은 아무것도 아닌 모든 것에 대하여.

고
치
다

어느 카페의 야외테이블에 앉아 너는 에스프레소를 주문했다.
네 죽음의 이유를 알아야 하는 세 사람에게 엽서를 써야 했다.

미스트랄*이 강하게 불던 날, 너는 죽으려고 했다.

생애 처음 만나는 지중해였다. 너는 늘 지중해를 그리워했
다. 한 번도 가본 적 없는 곳을 그리워할 수 있을까, 의문을 삼
키면서. 지중해, 라고 되뇔 때마다 너의 심장은 북을 울렸다.
먼 바다에서 일어난 지진처럼, 볼 수는 없어도 느낄 수는 있는
진동이 너를 휘감았다. 그냥 땅 사이에 있는 바다잖아, 하고
말한 사람도 있었다. 너는 잠자코 고개를 끄덕였지만 심장의
북소리와 핏줄기를 타고 흐르는 진동은 가짜가 아니었다.

프랑스 파리에서 차를 렌트하여 사흘을 달린 후 너는 그곳에 도착했다. 14만 헥타르에 이르는 론강의 삼각주, 습지와 초원과 모래언덕 사이로 하얀 소금산이 솟아 있는 카마르그, 그 안에 자리 잡은 작은 마을의 이름은 레 생트 마리 드 라 메르였다. 고단한 생의 종점에서 만날 법한, 제법 로맨틱한 이름이라고 너는 생각했다.

너는 낡은 슈트케이스를 끌고 시장 근처에 있는 작은 호텔에 들어섰다. 바다를 향해 활짝 열린 노란색 테라스가 종종종 늘어서 있는 2층 건물이었다. 프런트데스크를 지키고 있던 젊은 남자는 바닷바람에 보기 좋게 그을린 얼굴로 활짝 미소를 지으며 너를 맞았다. 낯선 외국인인 너에게 남자는 두 개의 열쇠를 건네며 말했다.

"하나는 방 열쇠, 다른 하나는 호텔 정문 열쇠. 저녁 8시 이후에는 나 여기 없어서 문을 못 열어줘. 그러니까 직접 열고 들어와."

카마르그 늪지대에 해가 지는 풍경, 그것이야말로 네 인생의 마지막과 꼭 어울리는 것이라고 너는 믿었다. 하지만 둥글고 붉은 해는 하늘 한가운데 버티고 있었고, 너는 시간을 죽이기 위해 하릴없이 거리를 걸었다. 모퉁이를 돌자 광장이 열리고 앙증맞은 가게들이 옹기종기 모여 있는 시장이 보였다. 너는 네 인생처럼 시고 찬 레몬 아이스크림 하나를 사 들고 색색가지 가게들을 들락거렸다. 죽을 마음을 먹은 사람에게 필요한 기념품은 없었지만, 늪지대를 오가는 홍학, 카우보이를 태우고 석양의 초원을 질주하는 검은 소, 햇살에 빛나는 소금산을 담은 엽서 몇 장 정도는 사도 괜찮을 것 같았다.

걸음의 속도를 줄여 마지막 가게를 나온 너는, 심장의 속도를 줄이기 위해 잠시 쉬기로 했다. 어느 카페의 야외테이블에 앉아 너는 에스프레소를 주문했다. 네 죽음의 이유를 알아야 하는 세 사람에게 엽서를 써야 했다.

'일생 동안 나는 삶을 위해 싸워왔어요. 필요한 것을 사기 위해 일을 하고, 불필요한 것을 버리기 위해 마음의 가지를 쳐냈어요. 떠나는 사람을 붙잡기 위해 뜨겁게 애원하고, 가지 않으려는 사람을 보내기 위해 차가운 말을 쏟아냈어요. 막힌 곳을 뚫고 갈라진 틈을 메우고 고장 난 것을 고쳤어요. 하지만 이제 더 이상 아무것도 하지 않으려고 해요. 나의 시간을 세상의 시간과 맞추는 일에 진력이 났어요. 나는 이곳에서 멈춥니다. 그리고 당신…'

할 말을 고르느라 네가 엽서에서 잠시 손을 뗐을 때 바다로부터 미스트랄이 불어왔다. 바람은 엽서를 낚아채어 지중해 한가운데로 향했다. 너는 멍하니 날아가는 엽서를, 카페 테라스에서 펄럭이는 깃발들을, 손사래 치듯 팔랑이는 나뭇잎을 바라보았다. 어차피 모든 고백은 너무 늦거나 너무 이르므로, 그저 침묵하는 것이 좋을지도 모르겠다고 너는 생각했다.

카마르그 국립공원 살랭 드 지로는 높이 7 내지 8미터에 이르는, 소금으로 이루어진 산들이 늘어서 있는 곳이다. 늪지대로 향하던 너의 등을 떠밀어 그곳에 이르게 한 것도 바람이었다. 사방에서 몰아치는 바람에 소금의 알갱이가 섞여 있었다. 눈을 깜박이던 너는 여행자들이 짧은 휴식을 취하는 간이휴게소를 발견했다.

그곳에 지붕을 고치고 있는 사람이 있었다. 고치는 사람, 하고 너는 소리 내어 말해보았다. 낡거나 고장이 난 물건을 손질하여 제대로 되게 하는 사람. 그릇되거나 틀린 것을 바로잡는 사람. 혹은 지중해의 푸른 하늘을 향해 놓인 사다리를 올라가는 사람.

그때 너는 깨달았다. 너에게는 돌려주어야 할 열쇠가 있다는 사실을, 아직 쓰지 않은 두 장의 엽서가 남았다는 사실을, 바람은 너를 세상으로부터 내몰려 한 것이 아니라 너의 길로 되돌려 놓으려 했다는 사실을. 죽으려고 한다는 건 살려고 한다는 것과 같은 말이다. 삶은 고치지 못해도 지붕은 고칠 수 있다.

그날 저녁, 너는 늪지대의 노을을 보는 대신 레스토랑에 들어가 부야베스와 화이트와인을 주문했다. 프로방스 어부들이 팔고 남은 생선으로 만들었던, 새우, 게, 붕장어, 대구, 농어, 아귀, 뱀장어, 홍합, 사프란, 마늘, 토마토, 양파, 파슬리, 월계수잎, 올리브유가 온통 뒤섞인 따뜻한 요리가 너의 배 속으로 들어가서 자리를 잡았다. 고치는 수고를 기꺼이 떠안을 수 있을 만큼, 다정하고 든든하게.

• 미스트랄: 프랑스의 론강을 따라 리옹만으로 부는 강한 북풍. 론강의 삼각 지대인 프로방스에서 불어오는 서북풍과 뒤랑스 계곡에서 불어오는 동북풍이 합류하는 주변의 바람이 가장 강하다.

선택

*"목숨을 부지할 가능성은 없습니다. 하지만 인간이란 꽤나
성가시고 귀찮다는 걸 곰한테 학습시키는 효과가 있지요."*

3년을 사랑하고 의지하며 함께 지내온 연인이 이별을 통보
한다면 남은 이가 할 수 있는 선택은 무엇일까? 6년을 살았던
집의 주인이 전셋값을 올린다면 그 돈을 감당할 수 없는 사람
이 할 수 있는 선택은 무엇일까? 어느 날 몸에 이상을 느껴 병
원을 찾아간 사람이 살날이 얼마 남지 않았다는 통보를 받는
다면 그가 할 수 있는 선택은 무엇일까? 한 인간의 자유의지
는 어디까지 허용될까? '외부의 제약이나 구속을 받지 아니하
고 어떤 목적을 스스로 세우고 실행할 수 있는 의지'라는 철

학적 해석은 어디까지 적용될까?

　세쿼이아 국립공원에서 네가 처음 들은 주의사항은 곰에 관한 것이었다. 먹을 것을 지니고 다니지 말라, 곰이 달려든다, 먹을 것을 차에 넣어두지 말라, 곰이 차를 부순다, 먹을 것을 흘리지 말라, 곰이 추적한다, 기타 등등 기타 등등. 그럼에도 불구하고 너의 부주의로 인해 혹은 곰의 알 수 없는 충동이나 변덕으로 인해 공격을 받을 경우, 도망가거나 기절하지 말고 온 힘을 다해 싸워달라는 것이 안내원의 충고이자 부탁이었다.

　"그럴 경우 목숨을 부지할 가능성이 있나요?"

　곰과 싸우느니 차라리 그냥 죽는 게 깔끔하지 않을까 생각하며 너는 물었다. 안내원은 묘한 미소를 지으며 대답했다.

　"없습니다. 하지만 인간이란 꽤나 성가시고 귀찮다는 걸 곰한테 학습시키는 효과가 있지요."

　세쿼이아 국립공원에는 두 그루의 유명한 나무가 있다. 물관이 꼭대기까지 이르지 못해 필요한 수분의 반 이상을 안개에서 얻는다는 제너럴 셔먼 나무는 키 83.3미터, 지름 10미터로, 약 이천오백 살로 추정되며 지금도 나이를 먹어가는 중이다. '터널 로그'를 이루고 있는 나무는 80여 년 전에 자연재해로 뿌리가 뽑혀 쓰러졌다. 도로를 가로막은 거대한 나무를 둘

러싸고, 모르긴 몰라도 많은 이들이 머리를 싸매고 고민에 잠겼을 것이다. 그들의 선택은 나무 가운데 구멍을 뚫어 자동차와 사람들이 오갈 수 있도록 하는 것이었다. 그 결과, 높이 2.3미터, 너비 5.2미터의 나무 터널이 생겼다.

가릴 선(選)은 쉬엄쉬엄 갈 착(辶)과 유순할 손(巽)이 결합하여 만들어진 것으로, 손(巽)은 탁자 위에 무릎을 꿇고 올라가 있는 사람을 그린 글자이다. 얌전히 앉아 있는 사람들 중 하나를 고른다는 의미에서 '가리다', '뽑다'는 뜻으로 쓰인다. 가릴 택(擇)은 손 수(手)와 엿볼 역(睪)이 결합한 것으로, 역(睪)은 죄수를 눈으로 감시한다는 뜻을 갖고 있다. 죄수가 죄를 지었는지 아닌지 가늠한다는 의미이고, 이것이 '손으로 가려 뽑다', '구별하다' 등으로 쓰이게 되었다.

그리하여 선택(選擇)은, 여럿 가운데서 필요한 것을 골라 뽑는 것이고, 적자생존의 원리에 의해 환경과 조건 등에 맞는 생물만 살아남고 그렇지 않은 것은 죽어 없어지는 현상이고, 최악이 아닌 차악을 마지못해 고르는 일이다.

삶에서 확실한 것은 죽음이고, 불확실한 것은 미래이다. 멀쩡한 길 한복판에 나무가 쓰러져 도로가 막힐 수도 있다. 너는 그 길을 포기할까 혹은 나무에 구멍을 내어 새로운 길을 만들까? 숲 한가운데서 곰을 맞닥뜨릴 수도 있다. 너는 순순히 죽을까 혹은 싸우다 죽을까? 어느 쪽을 선택하든 나무가 쓰러졌다는 사실, 곰을 만났다는 사실은 달라지지 않는다. 그 달라지지 않음에 대해 너는 좌절할까 혹은 그래도 무언가를 선택할 수 있다고 기뻐할까?

탄생과 죽음 사이에 놓인 선택이라는 신의 선물은, 삶을 행복하게 하기에 미흡하고 죽음을 막기에 옹졸하다. 하지만 삶을 바꾸는 것은 어쩌면 저 마지막 질문에 달려 있을지도 모르겠다고 너는 생각한다. 무엇을 받아들일지는 선택할 수 없어도 어떻게 받아들일지는 선택할 수 있다. 그 선택으로 인해 삶의 미세한 결이 달라진다. 그 결이 물결치며 소란함과 고요함을 만든다. 그러므로 너는, 네게 허락된 삶의 좁은 통로를 걷는 내내, 마음을 다해 가늠하고 구별하고 뽑아야 한다. 달라지지 않은 것들 안에서 홀로 달라질 수 있도록.

미
래

마지막 밥을 위해 너는 정어리 두 마리와 아스파라거스 한 다발을 샀다.
그 노인을 발견한 건 네가 시장을 빠져나오기 직전이었다.

    쉰 번째 생일 새벽, 너는 공항에 있었다. 결코 젊다고 할 수 없는, 그러나 늙었다고 하기에는 억울한 나이. 백세 시대라는 말을 곧이곧대로 믿는다면 딱 절반을 산 것이니 반환점에 도달한 거라 할 수 있을까. 그렇다면 더 이상 놀라울 일도 새로울 일도 없겠다고 너는 생각했다. 지금까지 걸어오거나 달려오면서 혹은 주저앉아 숨을 고르면서 바라본 풍경을 하나하나 되짚으며 돌아갈 일만 남은 것이다.

    땅을 치고 후회할 일이나 무릎을 꿇고 통한의 눈물을 흘리며 사과할 사람이나 삶을 송두리째 무너뜨린 어마어마한 절망은 없었으나, 하지 못한 일은 많았다. 너는 『오즈의 마법사』에 나오는 에메랄드 궁전에 가보고 싶었고 틸틸과 미틸의 파랑새를 찾고 싶었다. 인어의 노래를 듣고 싶었고 용이 뿜어내는 불길을 보고 싶었다. 열기구를 타고 세계일주를 하고 싶었고 경비행기를 몰고 사막 위를 날고 싶었다. 첫사랑과 첫키스를 하고 싶었고 남태평양에서 수영을 하고 싶었다. 카이스트를 졸업하고 나사에 들어가고 싶었고 베를린 필하모니와 협연하는 피아니스트가 되고 싶었고 「사운드 오브 뮤직」과 「대부」의 주인공이 되고 싶었다.

제법 노력을 기울여 혹은 어영부영 이룬 꿈도 있었다. 피아노와 기타를 배웠고 영어와 독어를 배웠고 수영과 운전과 자전거 타는 법을 배웠다. 너는 쉰 살을 맞아, 지금까지 하지 못했고 앞으로도 하지 못할 수많은 일들을 기념하며, 한 번도 가보지 못한 나라 중 하나를 골라 여행을 떠나기로 결심했다. 반환점을 돌아가는 너 자신을 위해 그 정도는 해야 했다. 목적지가 스페인이 된 건, 한때 네가 땀 흘리며 배운 플라멩코 때문이었다.

긴 비행을 마치고 비몽사몽 바르셀로나 시내에서 차를 빌려 너는 바닷가에 있는 작은 마을로 향했다. 미리 예약해 둔

코티지에 짐을 풀고 저녁을 먹기 위해 밖으로 나갔다. 하지만 마을에 있는 두 개의 레스토랑 모두 문이 닫혀 있었다. 겨우 마트 하나를 발견했지만 물건은 많지 않았다. 너는 치즈와 바게트, 커피를 사서 숙소로 돌아왔다. 킹사이즈 침대가 족히 들어갈 만큼 넓은 발코니에 앉아 바다를 바라보며 그럭저럭 괜찮은 생일이라고 자신을 다독였다. 비록 바게트는 딱딱하고 치즈는 너무 짜고 바다에서 불어오는 바람은 기묘하리만치 서늘했지만.

　다음 날, 너는 본격적으로 마을을 탐험했다. 옹기종기 모여 있는 집들, 잘 가꾸어진 정원, 예쁜 색깔로 칠해진 벽들, 묵직한 나무문이 달린 등대까지 구경했지만 인적이 없었다. 누군가의 소유지일 수도 있는 작은 언덕에서 굴러다니는 땔감을 모아 숙소로 돌아올 때까지 눈인사 한 번 할 수 없었다. 그날 저녁, 너는 벽난로에 장작을 넣고 불을 피웠다. 딱딱한 바게트와 짠 치즈를 먹으며, 일렁이는 불을 바라보았다. 옛날 사람들은 텔레비전 대신 모닥불을 보았을 거라는 누군가의 이야기가 생각났다. 그 누군가는 한때 멋진 인생을 살았으나 늙고 병들어 이미 세상을 떠났다.

　네가 머물고 있는 그 마을도 늙었다. 젊은 태양 아래 아이들은 소리를 지르며 몰려다니고, 엄마들은 웃음을 터뜨리며 기저귀를 넣고, 바다에서는 어린 물고기가 청년들과 함께 팔딱거리던 시절은 지났다. 그리하여 남은 것은 상흔을 어루만지듯 천천히 흘러가는 바람, 지난날을 흐릿하게 응시하는 한 줄기 햇살, 서서히 재로 변해가는 모닥불이었다.

스페인에서의 일주일은 그렇게 흘러갔다. 마지막 날, 너는 조금이라도 젊은 무언가를 보고 싶어 차를 몰고 옆마을로 갔다. 마침 주말이어서 장이 열려 있었다. 테이블마다 맥주가 넘치고 생선 굽는 냄새가 사방에서 풍겼다. 마지막 밤을 위해 너는 정어리 두 마리와 아스파라거스 한 다발을 샀다. 그 노인을 발견한 건 네가 시장을 빠져나오기 직전이었다. 늙은 저울과 함께 그 자리에 뿌리를 내린 노인은 너의 시선을 단호하고 묵직하게 맞받았다. 네가 본 것은 노인의 과거였고 동시에 너의 미래였다.

그날 저녁, 정어리 두 마리를 구워 먹고, 꺼져가는 장작불 앞에서 너는 플라멩코를 추었다. 10여 년 전에 익힌 스텝은 가물가물했지만 그때의 음악은 머릿속에서 재생할 수 있었다. 남은 날들을 힘차게 달려갈 만큼은 아니었어도, 반환점을 돌 만큼의 에너지는 얻었다고 너는 생각했다. 뒤를 돌아보지 않는 일, 무언가를 포기하는 일, 기대를 품지 않는 일에도 에너지는 필요하다.

어린 시절에 너는 미래를 앙망했다. 아닐 미(未), 올 래(來), 국어사전은 '앞으로 올 때'로 그 단어를 풀이했지만, 문자 그대로의 의미는 '아직 오지 않은 때'이다.

네가 꿈꾸던 미래는 한 번도 오지 않았고 영원히 오지 않을지라도, 너 역시 하나의 풍경으로 어느 장소, 어느 순간에 남을 것이다. 삶의 엄중하고 공평한 잔인함을 등에 업고, 곧 사라질 현재를 응시하면서.

행
복

그가 지닌 행복은 너를 부끄럽게 하지도 않았고 시샘을 느끼게 하지도 않았다.
파도처럼 일렁이며 공기를 흔들어 너에게로 전해지는 행복이었다.

국립국어원 표준국어대사전의 정의에 따르면, 행복이란 '1.
복된 좋은 운수 2. 생활에서 충분한 만족과 기쁨을 느끼어 흐
뭇함 또는 그러한 상태'이다.

너는 고개를 갸우뚱하고 '행복'이란 글자를 들여다본다. 쉽
고 흔한 단어들을 무심코 사용하다가 불현듯 의심에 사로잡
히는 순간이 있다. 이 단어의 의미를 제대로 알고 있는 걸까?
문장 속에서 적절하게 사용하고 있는 걸까? 네 모니터에 사전
창이 항상 열려 있는 건 그 때문이다. 하지만 네가 구하고자

하는 답은 대체로 그 안에 없다. 삶 속에서 살아 숨 쉬던 단어는 의심을 품는 순간 벌써 개념이 되어, 울퉁불퉁해지고 조각나고 뿌예진다.

행복이란 단어를 풀이하는 저 명사와 형용사와 동사는 또 무엇일까. 만족은 무엇이고 기쁨은 무엇이며 좋은 것은 무엇이고 충분하다는 건 또 무엇일까. 다시 한 번 그들의 의미를 새삼 찾아보다가 결국 단어 속에서 길을 잃고 만다. 글을 쓰는 일을 직업으로 삼아온 지 20년이 훌쩍 지났지만 여태 너는 그런 형편이다.

너는 단어의 미로를 헤치고 오래된 기억을 더듬는다. 무언가 구체적인 것, 눈으로 볼 수 있고 손으로 잡을 수 있는 것이 필요하다. 희미해진 풍경들 안에서 너는 겨우 하나의 얼굴을 찾아낸다. 세상에서 가장 행복한 사람. 너는 그를 그렇게 불렀다.

그해 겨울, 너는 혹한을 벗어나 적도 가까운 곳으로 철새처럼 날아갔다. 방콕에서 하룻밤을 묵었으나 소란한 도시는 너를 금세 지치게 했다. 다음 날 찾아간 파타야도 관광객으로 들끓었다. 너는 지도를 펼쳐놓고 고심 끝에 섬 하나를 골랐다. 코사멧, 섬의 이름은 산들바람처럼 가볍고 시원했다.

바닷가의 목조 방갈로에 짐을 풀자 비로소 안식이 찾아왔다. 뜨거운 태양이 바다를 달구는 낮 시간, 너는 서늘한 방갈로의 낮은 침대에 누워 필립 K. 딕을 읽었다. 노을이 지는 시간에는 이국 여인의 마사지를 받았다. 타인의 노동으로 일신의 만족을 얻는다는 불편한 마음은 여인들의 맑은 웃음소리에 씻겨갔다. 햇볕에 그을린 네 피부에서 피어오르는 코코넛 향을 맡으며, 너는 방갈로 근처에 있는 유일한 카페에서 애플민트와 라임이 듬뿍 들어간 모히토를 마셨다. 행복한 사람은 그 카페의 바텐더였다.

네가 처음 본 건, 세상을 다 가진 사람이 아니라면 지을 수 없는 미소였다. 그 미소는 단 한순간도 그의 얼굴을 떠나지 않았다. 그의 두 손이 끊임없이 컵을 닦고 있는 동안 그의 입술은 끊임없이 노래를 불렀다. 처음 만나는 너를 평생 알고 지낸 사람처럼 맞았고, 돌아가는 너에게 잘 자라고, 내일 또 만나자고 말했다. 검고 투박한 손으로 칵테일을 만들었고, 네가 그것을 마시는 모습을 즐겁게 바라보았다.

그 섬에 머문 일주일 동안 너는 그 카페를 매일 저녁 찾아갔다. 노을에 휘감기며 서서히 어두워지는 바다의 풍경이 좋았고 신선한 모히토가 좋았고 알록달록하고 포근한 쿠션도 좋았지만, 네가 보고 싶었던 건 행복한 사람이었다. 그가 지닌 행복은 너를 부끄럽게 하지도 않았고 시샘을 느끼게 하지도

않았다. 파도처럼 일렁이며 공기를 흔들어 너에게로 전해지는 행복이었다.

행복, 다행 행(幸), 복 복(福). 한자를 헤쳐보면, 幸은 일찍 죽을 요(夭)와 거역할 역(屰)이 합해진 것이다. 일찍 죽는 것을 면하는 게 좋은 일이라는 생각에서 비롯되었을 것이다. 복(福)은 음식과 술을 차리고(畐) 제사(示)를 지내 하늘로부터 복을 받는다는 의미를 지니고 있다. 하늘이 내리지 않으면 복을 누릴 수 없다는 뜻일까? 네가 왈가왈부할 수도 없고 아등바등 쫓아갈 수도 없는 무엇일까? 절대적인 존재의 의지에 의해서만 행해지는 것일까? 그리하여 네가 할 수 있는 일은, 노동을 행하고 결실을 마련하고 기도하는 것밖에 없는 것일까?

요란하거나 고요하거나, 격정적이거나 심심하거나, 삶의 겉면은 둘 중 하나일지라도 그 내면은 온통 소용돌이다. 어떤 일이 일어나거나 일어나지 않고, 마음이 뜨거웠다가 차가워지고, 발길이 빨라지다 느려진다. 그렇게 살아가다 '충분한 만족과 기쁨을 느끼는 상태'를 불현듯 맞이하기도 한다. 하지만 행복은 지속이 아니라 찰나인데, 그것으로 충분한가?

너는 삶이 행복을 약속하지도 않을뿐더러 행복을 위해 살아가는 것도 아니라고 생각했다. 삶이란 오히려 견디는 거라고, 고장 난 것들을 고치고 떠나가는 것들을 배웅하는 거라고,

한없이 기다리고 오래도록 기억하는 거라고 생각했다. 행복은 지속이 아니라 찰나이기 때문에 만족과 동시에 상처를, 기쁨과 동시에 고통을 주는 거라고 생각했다.

세상에서 가장 행복한 사람을 만난 이후 너는 행복을 간직하는 법을 배웠다. 익히 알고 있다고 생각한 단어가 갑자기 낯설게 여겨지듯 몸에 맞는 옷처럼 편안하던 삶이 문득 거칠어질 때, 너는 그의 얼굴을 떠올린다. 그리고 주문을 외듯 그의 마지막 인사를 되뇌어 본다. 잘 자. 내일 또 만나.

막
장

⌣

수십, 수백 번 길을 잃어버리는 동안 발뒤꿈치에 물집이 잡히고
낡은 샌들의 끈이 떨어졌다. 딱히 불친절하게 구는 이는
없었으나 내게 다정한 사람도 없었다.

    미국의 그랜드캐니언, 호주의 그레이트배리어리프, 미국의 플로리다와 월트디즈니, 뉴질랜드의 남섬, 남아프리카의 케이프타운과 테이블산, 인도의 황금사원, 미국의 라스베이거스, 호주의 시드니, 미국의 뉴욕, 인도의 타지마할⋯ 영국의 국영방송 BBC가 선정한 '죽기 전에 꼭 가봐야 할 여행지 베스트 50'의 목록을 너는 손가락으로 하나하나 짚어본다.

    '죽기 전에'라는 과격한 수식어가 한때 유행을 탔다. 그때나 지금이나 너는 그 말이 질색이다. 죽기 전에 봐야 할 영화, 죽기 전에 읽어야 할 책, 죽기 전에 가야 할 곳, 기타 등등, 기타 등등. 거기에 '꼭'이라는 부사까지 달라붙어 마음에 초조한 짐을 지우는 행태라니. 살날이 얼마나 남아 있는지는 모르나 이래도 한 세상, 저래도 한 세상인데, 봐야 한다는, 읽어야 한다는, 가야 한다는 남들의 강요 따위는 받고 싶지 않았다.

그런데 살다 보니 이런 날이 왔다. (그럴 리는 없겠지만) 신나게 놀 수 있는 시간이 흘러넘치고, (그럴 리는 더더욱 없겠지만) 마음껏 쓸 수 있는 돈도 흘러넘치고, (그럴 때도 있었지만) 밤을 새워도 거뜬한 체력까지 흘러넘쳐도 떠날 수 없는 시대가 왔다. '죽기 전에 꼭 가봐야 할 여행지'의 목록은 '어쩌면 영원히 갈 수 없는 곳들'의 목록이 되었다. 이제 너는 쓸쓸하고도 기꺼운 마음으로 네가 이르지 못한 지명들을 마음에 담는다.

11년 전 여름, 너는 베니스의 호텔에서 홀로 눈을 떴다. 베니스가 '죽기 전에 꼭 가봐야 할 여행지 베스트 50'에 올라 있다는 걸 알기 전이었다. 창을 열자 따뜻한 습기를 머금은 바람이 불어오고 토마토소스와 치즈 냄새가 풍겨왔다. 너는 어리둥절한 채로, 네가 짐작할 수 없었던 어떤 운명에 이끌려 그곳에 이른 과정을 되짚어 보았다.

시작은 한 장의 티켓이었다. 베니스의 오래된 저택에서 열리는 오페라 「라 트라비아타」는 서른 명의 관객만 입장할 수 있었다. 홀린 듯 티켓을 예매한 후에, 후회할 틈도 없이 너는 베니스행 비행기 티켓과 숙소를 예약했다. 갑자기 여정이 잡히고 경황없는 날들을 보낸 후 정신을 차려보니 베니스의 아침이었다. 드라마틱한 도시와 어울리는 드라마틱한 전개가 너는 썩 마음에 들었다.

호텔은 작지만 청결했고 아침마다 2층에 있는 테라스에 식사가 차려졌다. 햇살은 갓 구운 빵처럼 따뜻했고 바람은 막 끓여낸 커피처럼 향긋했다. 가난한 여행길에 유일하게 허락된 사치였다. 그 사치를 에너지 삼아 너는 베니스의 골목을 돌멩이처럼 굴러다녔다. 모퉁이 하나만 돌면 방향 감각을 잃어버리는 너에게 지도는 무용지물이었다. 수십, 수백 번 길을 잃어버리는 동안 발뒤꿈치에 물집이 잡히고 낡은 샌들의 끈이 떨어졌다. 어디를 가도 여행자가 흘러넘쳤고 그들 모두 가족이나 연인의 팔짱을 끼고 있었다. 딱히 불친절하게 구는 이는 없었으나 네게 다정한 사람도 없었다.

어느 저녁, 너는 산마르코 광장의 카페에 앉아 있었다. 네 앞에 놓인 에스프레소 한 잔은 점심과 저녁식사를 포기한 대가였다. 옆 테이블에는 열 명쯤 되는 대가족이 모여 생일파티를 열고 있었다. 휠체어에 타고 있던 노부인이 케이크의 촛불

을 껐다. 카페의 밴드가 생일축하곡을 연주하고 광장의 모든 사람들이 노래를 불렀다. 어린아이들이 노부인의 뺨에 입을 맞추자 그이는 선글라스를 벗고 눈가를 훔쳤다. 기묘하게도 너는 그 눈물의 맛을 느꼈다. 행복의 맛이고 순간의 맛이었다. 다시 오지 않을 날의 맛이고 영원히 기쁨으로 또한 슬픔으로 기억될 맛이었다.

'막장'은 사람들이 마구 사용하는 단어 중 하나이다. '갱도의 막다른 곳' 즉 광산의 끝부분이라는 원래의 의미가 '끝장'으로 변질되었다. 목숨을 건 노동의 현장이 누군가를 또는 무언가를 비하하고 조롱하는 말로 바뀐 것이다. 우리의 삶도 언젠가는 막장에 다다른다는 것을 상기하면 함부로 쓸 말이 아니다. 더 이상 찾을 길도 잃어버릴 길도 없는 곳, 희망의 빛이 가물가물 희미해지는 그곳에서 산마르코 광장의 어느 저녁을 떠올리면 좋겠다고 너는 생각한다. 네 혀끝을 감도는 순간의 맛을 느끼고 싶다고 생각한다. 낯선 이의 길고 고난한 삶이 너에게로 흘러 들어오던 그때, 세계는 아름다웠으나 너는 외로웠다. 너는 외로웠으나 세계는 아름다웠다.

그 후로도 오랫동안 너는 그 하나의 풍경으로 베니스를 기억했다. 물길 위로 고요한 노을이 내리고 어둠 속에서 사람들이 빛나고 여행자들의 슈트케이스가 돌바닥 위를 굴러가는 소리로 거리는 가득 찼다. 그들이 어디에서 왔는지는 몰라도 어디로 가는지는 알 수 있었다. 발에 물집이 잡히도록 걷고 모퉁이를 돌 때마다 길을 잃고 끼니를 에스프레소와 바꾸기도 하다가, 하나의 세계가 끝나는 곳에 이를 것이다. 누군가 꼭 가야 한다고 말했으나 갈 수 없었던 곳들을 잔뜩 품은 채.

그해 여름, 너의 낡은 슈트케이스도 베니스의 골목 위를 달그락달그락 굴러가고 있었다. 믿을 수 없지만 그런 날이 있었다. 삶의 막장까지 지니고 가고 싶은 한순간이 있었다. 그 기억으로 또 하루를 견딘다.

단어의 중력

인
연

⌣

그날 너는 우주 같은 바닷속에서 먼지 같은 너를 겪었다. 경이로운 허무,
차고 냉정한 바다의 다정함이 너를 감싸 안았다. 나중에 들은 바,
그들은 수 미터 아래로 잠수하여 들어가 상어를 만났다고 했다.

맹렬하게 타오르던 해의 기세가 한풀 꺾였다. 바다에서 돌
아온 부부는 차가운 물로 샤워를 하고 테이블 하나에 자리를
잡았다. 한 병의 보드카를 따서 목을 축인 후 노을을 바라보며
저녁식사를 할 것이다. 말레이시아의 작은 섬, 티오만 아일랜
드에 머물렀던 열흘 동안 그 부부는 너의 이웃이었다. 마주칠
때마다 눈인사를 나누고 저녁이면 옆 테이블에 앉았다. 시시
콜콜 너를 참견하거나 구구절절 자신들의 이야기를 늘어놓을
사람들이 아니라는 확신을 갖기까지, 그래서 그들에게 말을

걸어보겠다는 결심이 설 때까지 사흘이 걸렸다.

"안녕? 난 한국에서 온 S라고 해."

다가오는 너를 보고 그들은 활짝 웃었다.

"우리는 러시아에서 왔어. 나는 안나, 내 남편은 드미트리야."

"반가워. 너희들이 멋져 보여서 사진 한 장 찍고 싶은데, 괜찮을까?"

그들의 허락을 받아 너는 카메라에 부부를 담았다. 사진을 보내주겠다고 약속하고 이메일 주소도 받았다. 그러고 나니 그냥 자리를 뜨는 게 서먹해서 가벼운 질문을 던졌다.

"오늘은 뭐 할 거야? 스노클링?"

너희가 머물던 작은 섬, 오래되고 낡은 리조트에서는 할 일이 별로 없었다. 햇살을 받으며 일어나 느긋하게 식사를 하고 바닷가를 어슬렁거리고 수영이나 스노클링을 하고 해먹에서 낮잠을 자고 저녁이 오면 노을을 감상하며 맥주를 마시는 것이 전부였다. 네가 원했던 것도 그게 다였다. 하지만 사흘째가 되니 슬슬 지겨워지던 참이었다.

"배를 타고 좀 멀리 나가서 스노클링을 할 생각이야. 너도 같이 갈래?"

너는 즉흥적으로 행동하는 사람은 아니었으나 그들의 제안

에 귀가 솔깃했다.

"그래도 돼?"

"응. 배는 예약했으니까 너는 장비만 챙겨 오면 돼."

배는 망망대해 한가운데 우뚝 멈춰 섰다. 네가 구명조끼를 입고 오리발을 끼고 마스크와 스노클을 착용하는 사이, 안나와 드미트리는 물안경과 오리발만 걸치고 바다로 뛰어들었다. 구명조끼를 입으면 깊은 곳까지 잠수할 수 없고 마스크와 스노클은 번거롭다는 것이었다. 그때 너의 수영 실력은 물에 빠져 죽지 않을 정도였지만 바닥에 발이 닿지 않으면 불안하고 무서웠다. 하물며 깊이를 가늠조차 할 수 없는 바다라니. 구명조끼가 있으니 물에 둥둥 뜰 수는 있겠지만 수십 년 동안 사용해온 것이 틀림없는 조끼 하나에 생명을 맡겨도 괜찮은 걸까? 배를 몰던 이가 웃으며 망설이는 너의 등을 떠밀었다. 그날 너는 우주 같은 바닷속에서 먼지 같은 너를 겪었다. 경이로운 허무, 차고 냉정한 바다의 다정함이 너를 감싸 안았다. 안나와 드미트리는 어디에도 보이지 않았다. 나중에 들은 바, 그들은 수 미터 아래로 잠수하여 들어가 상어를 만났다고 했다.

다음 날 아침, 러시아에서 온 부부는 커다란 배낭을 하나씩 메고 바다를 바라보며 캔맥주를 마시고 있었다.

"돌아가는 거야?"

네 질문에, 그들은 무인도에서 하룻밤 자고 돌아올 계획이라고 말해주었다.

"보드카는 한 병 챙겨 가지만, 맥주는 무거워서 마시고 가려고."

무얼 하는 사람들일까. 몇 살쯤 되었을까. 은퇴 후 떠난 여행일까. 휴가를 온 것일까. 맨몸으로 잠수하고 무인도에서 밤을 보내는 부부가 러시아에서는 흔한 걸까. 스포츠강사, 경찰, 아니면 영화에서 보았던 스파이? 너는 네 상상의 날개를 꺾지 않기 위해 그들에게 아무것도 묻지 않았다.

인할 인(因)은 에운담 위(口)와 큰 대(大)가 만나 만들어진 것으로, 사람이 팔을 벌려 에워싼 영토를 넓히려는 데에는 원인과 이유가 있다는 뜻이다. 인연 연(緣)은 가는 실 사(糸)와 판단할 단(彖)이 결합한 것으로, 사람 사이의 보이지 않는 줄을 의미한다. '인연'이란 사람이 자신의 영역을 확장하며 맺게 되는 관계, 볼 수 없으나 이어져 있는 실이다.

이으려 애써도 잇지 못하는 인연이 있고 끊으려 해도 끊을 수 없는 인연이 있다. 굳게 이어졌나 했는데 툭 끊어진 인연이 있고, 함께 꽃 피우고 열매 맺으며 천수를 누리는 인연도 있다. 너와 그 부부의 인연은 눈을 감았다 뜨기도 전에 먼지처럼 티끌처럼 흩어지는 것이었다. 헤어짐도 만남처럼 담백했다. 무인도에서 돌아온 그들과 인사를 나눈 것이 마지막이었다. 여행에서 돌아와 이메일로 사진을 보냈더니 금세 답이 왔다.

'우리는 지금 여기서 지내고 있어. 놀러 와.'

첨부된 사진에는 스키를 타다 돌아온 듯한 안나가 서 있었다. 눈으로 뒤덮인 한겨울 러시아의 산 속 오두막집과 네가 사는 도시의 아파트가 보이지 않는 실로 이어질 수 없다는 것은, 그들도 너도 잘 알고 있었다. 그 짧은 만남이 처음이자 마지막이라는 것도. 하지만 그런 인연도 인연이다. 소중하게 기억하고 다정하게 껴안고 정성을 다해 떠나보내야 한다. 쉽게 끊어지는 연약한 실, 손가락 한 마디도 안 되는 짧은 실들로 인생은 촘촘하게 짜이는 것이니까.

기
적

⌣

그리고 너는 온 힘을 다해 불쑥 솟아올라 어둠을 물리치는 해를 목격한다.
그것은 매일 일어나는 기적, 그러나 네가 돌보지 않았던 기적이다.

　새벽 4시에 누군가 문을 두드린다. 침낭의 지퍼를 열자 허공을 맴돌던 차가운 공기가 기다렸다는 듯 너를 감싸 안는다. 어둠을 더듬어 문을 여니 사슴처럼 초롱한 눈망울의 소년이 서 있다. 5박 6일의 안나푸르나 트레킹 일정 내내 너의 배낭을 짊어지고 다니는 포터 잔부이다. 잔부는 싱긋 웃으며 호롱불을 들어 보인다. 산을 올라갈 시간이니 어서 나오라는 뜻이다.

　'아아, 귀찮아, 해가 뜨는 걸 꼭 봐야 하나. 굳이 안 봐도 매

일 뜨는데.'

너는 투덜거리지만, 푼힐 정상의 해돋이는 이번 트레킹의 하이라이트이다.

여행을 시작한 지 나흘째 되는 날, 너는 안나푸르나에 있는 마을 고레파니에 도착했다. 해발 2,874미터에 자리 잡은 그 마을은 온통 눈 덮인 산들로 둘러싸여 있다. 발전기로 전력을 공급받기 때문에 저녁 7시 이후에는 촛불에 의지해야 하는 날도 흔하다. 나무판으로 대충 칸만 나눠놓은 작은 방, 딱딱한 나무 침대 위에 침낭을 깔고 너는 잠을 잤다. 가파른 경사가 이어지는 울레리를 지나오느라 쌓인 피로가 다음 날까지 고스란히 남아 있는 게 당연하다.

너는 무거운 몸을 추슬러 생수와 카메라를 챙기고 밖으로 나온다. 미적미적 내키지 않던 마음은 하늘을 올려다본 순간 경이로 가득 찬다. 전날은 꾸물꾸물 흐렸는데 밤사이 구름이 걷히고 깨끗한 같은 별들이 하늘 가득 넘치고 있다. 발아래 한 번 보고 하늘 한 번 보며 정상을 향해 걸어가는데 막 잠에서 깨어난 트레커들이 하나둘 합류하더니 정상까지 긴 행렬이 이어진다. 숨이 가빠도 걸음을 멈출 수가 없다.

앞서 오르던 사람들이 점점이 흩어지나 싶더니 해발 3,210미터 푼힐의 표지판이 보인다. 김민기의 노랫말처럼 네가 오

른 봉우리는 그저 고갯마루였을 뿐, 봉우리 너머 봉우리, 그 너머 더 많은 봉우리들이 모습을 드러낸다. 어느새 별들이 깜박깜박 꺼지고 가장 높은 산의 봉우리가 푸른빛으로 물들기 시작한다.

그리고 너는 온 힘을 다해 불쑥 솟아올라 어둠을 물리치는 해를 목격한다. 네가 살아가야 할 하루가 네 앞에 활짝 열리는 순간이 심장 깊이 각인된다. 그것은 매일 일어나는 기적, 그러나 네가 돌보지 않았던 기적이다.

산을 내려오는 너의 걸음이 휘청이는 건 알알이 박힌 피로 때문만은 아니다. 네가 목도한, 너에게 그토록 사소했던 기적의 무게로 인해 너는 까마득하고 아득해진다. 너의 뺨은 홍조를 띠고 너의 눈에는 눈물방울이 살며시 매달려 있다. 눈물을 닦기 위해 잠깐 걸음을 멈춘 네 앞에 묘지 하나가 서 있다.

'내가 낯선 곳에 이를 때마다 당신을 향한 나의 사랑은 더욱 강해질 것입니다. 당신에게 안녕이라는 말은 영원히 하지 않겠습니다.'

묘비명에 쓰인 글귀가 말랑해진 너의 마음 깊이 꽂힌다. 1999년, 부부가 나란히 등반을 하던 중 아내가 고산병으로 목숨을 잃었다. 푼힐로 올라가던 도중이었다. 아내가 쓰러진 자리에 세워진 묘비는 매일 새벽, 기적을 맞이하러 산을 오르는 사람들을 묵묵히 지켜보고 있다.

기특할 기(奇)는 서 있는 사람의 모습을 그린 클 대(大)에 곡괭이와 입을 함께 그린 옳을 가(可)를 더하여 만든 글자이다. 곡괭이 위에 올라가 있는 사람이 '기이하다', 혹은 곡괭이를 들고 일하는 사람의 모습이 '기특하다'는 뜻으로 해석한다.

발자취 적(跡)은 발 족(足)과 또 역(亦)이 만나 만들어졌다. 역은 사람의 겨드랑이를 뜻하는 지사문자(사물의 추상적 개념을 본떠서 낱말의 뜻을 나타내는 문자)로, 액취 즉 사람의 몸에서 나는 특유의 냄새를 의미한다. 이것이 발 족을 만나 '발의 흔적', 즉 누군가가 남긴 표지 혹은 자리라는 의미가 되었다.

'기적'을 이루는 두 글자 모두 사람을 품고 있다. 그러니 기적은 '상식으로는 생각할 수 없는 기이한 일'이나 '신에 의하여 행해졌다고 믿어지는 불가사의한 현상'이 아니라, 사람이 일하고 사람이 걸어간 곳에서 태어나는, 지극히 인간적인 모양이고 형편일지도 모르겠다.

이를테면 하루가 저물고 또 하루가 오는 일, 하루를 살기 위해 네가 아침마다 눈을 뜨는 일, 때로 부주의하고 때로 불친절한 너를 견디고 사랑해 주는 사람을 만나는 일, 서로가 서로에게 의지하여 쓰러진 몸을 일으키고 무너진 마음을 다독이는

일이 모두 기적이다. 기억하지 않아도 돌보지 않아도 묵묵히 일어나는, 갸륵한 기적이다.

안녕

당신이 머무는 그 공간에서, 미움의 아픔도 사랑의 고통도 없이, 세상의 모든 해로운 것으로부터 벗어나 안전하고 편안하기를 바라는 것이 안녕이다. 만날 때도 안녕, 헤어질 때도 안녕, 당신을 위한 변함없는 소망이다.

겨울이 막 시작될 무렵, 너의 인생은 개선의 여지가 없어 보였다. 가을은 여느 때처럼 잦은 변덕을 부리다가 제풀에 스러져갔고 겨울은 묵직한 발걸음을 차곡차곡 옮겨 다가오고 있었다. 꽃처럼 피어났다 허무하게 시들어버린 관계들, 예고 없이 찾아오는 불면의 밤들과 답이 없는 질문들, 아무리 부지런히 긁어모아도 금세 흩어져 버리는 삶의 조각들이 심장 어딘가에 박혀 있었다. 그렇다 해도 어쩔 수 없다는 것, 어쩔 수 없다고 생각하는 나이가 되었다는 것, 모든 것이 낡아가고 사라지고 변해간다는 것, 그것을 지켜볼 수밖에 없다고 여기는 것. 그런 것들이 너의 조그마한 슬픔이었다.

그때 네 손안에 라오스행 티켓 한 장이 불쑥 날아들었다. 새벽 5시, 전날 대충 꾸려놓은 슈트케이스를 닫고 창문을 열어 손바닥으로 공기를 만져보니 한겨울이었다. 겨울로부터 도망쳐 따뜻한 나라로 간다는 사실에 너는 눈이 부셨다. 일생 동안 라오스로의 여행을 꿈꿔본 적은 단 한 번도 없었다는 사실이 너의 즐거움을 배가시켰다. 얻어 올 것도 버리고 올 것도 없는 여행이야말로 순도 백 퍼센트의 일탈이 아닌가.

"그곳의 아이들이 예뻐."

너를 움직이게 한 건 그 한마디였다. 예쁘지 않은 아이들이 어디 있겠느냐마는, 어디가 어떻게 예쁜지, 어떤 특별함이 있는지 물어볼 생각도 하지 않았다. 그저 그 문장의 어딘가에 말로 설명할 수 없는, 직접 보지 않고서는 알 수 없는 특별함이 있었다. 그리고 과연, 그랬다. 비엔티안에서 방비엥으로, 방비엥에서 루앙프라방으로 넘어가는 길은 험하고 길었지만 그 길 어디에서나 아이들을 만날 수 있었다. 누구도 울고 있지 않았고 누구도 칭얼대지 않았다. 부끄러워질 만큼 맑은 눈동자가 온 세상에 별처럼 반짝이고 있었다. 자연이 품지 않았다면 불가능한 아름다움. 그 아이들이 또한 자연을 품고 있었다.

작은 마을을 타박타박 걷다 보면 언제나 아이들과 마주쳤다. 옹기종기 모여 앉아 놀던 아이들, 올망졸망 손을 잡고 걸어가던 아이들이 고개를 빤히 들고 너를 바라보았다. 너와 눈이 맞으면 조금 수줍은 듯, 그러나 한껏 기쁜 얼굴로 손을 흔들었다. 그리고 입을 모아 외쳤다.

"사바이디!"

'안녕하세요'라는 그 말이 처음에는 영 네 입에 붙질 않았다. 하지만 언제 어디서나 누군가와 눈만 마주치면 그 말을 듣게 되니 익숙해지지 않을 도리가 없었다. 식당에서 식사를 하고 있어도, 어디선가 작은 아이가 나타나서 테이블에 살짝 매달려 다정하게 인사를 건넸다. 그들이 원하는 것은 1달러도 아니고 초콜릿도 아니었다. 다만 '사바이디!'라는 다정한 인사를 되돌려 주는 것만으로 세상을 얻은 듯 행복한 미소를 지었다.

편안할 안(安)은 여자(女)가 집(宀) 안에 고요히 앉아 있는 모양을 본떠 만든 글자이다. 편안하다, 안정적이다, 즐거움에 빠지다 등의 의미로 쓰인다.

편안할 녕(寧)은 집 면(宀), 마음 심(心), 그릇 명(皿), 탁자를 그린 못 정(丁)이 모여 만들어졌다. 집 안에 탁자가 있고 그 위에 먹을 것이 담긴 그릇이 놓여 있다. 마음이 놓이고 평화롭다.

당신이 머무는 그 공간에서, 미움의 아픔도 사랑의 고통도 없이, 세상의 모든 해로운 것으로부터 벗어나 안전하고 편안하기를 바라는 것이 안녕이다. 티끌도 먼지도 묻어 있지 않은 순결한 바람이다. 만날 때도 안녕, 헤어질 때도 안녕, 당신을 위한 변함없는 소망이다.

인생에는 그런 일이 일어난다. 기대하지 않았던 희망이 찾아와 너의 눈을 들여다보고 미소를 지어주는 일이. 무엇을 원하는지도 모르고 있었는데 원하던 그것이 스스로 찾아와 주는 일이.

메콩강의 나라, 라오스. 쾅시 폭포에서 흘러 내려온 물속에 잠겨 있는 한 그루의 나무를 바라보며 너는 생각했다. 모호하고 불분명하고 복잡한 사념, 털어냈다고 믿었던 그것이 불현듯 솟아오른다고. 아니다, 그렇지 않을지도 모른다, 너는 다시 생각했다. 거품이 가라앉고 난 이후의 진실과 목도할 준비가 되어 있지 않을 뿐이라고, 라오스에서의 시간들은 기어이 네 삶의 어느 부분에 뿌리를 내리고 가지를 뻗으리라는 것을 너는 이미 알고 있었다. 어떤 바람이 그 가지를 흔들고 어떤 햇살이 꽃을 피워낼지, 혹은 어떤 비가 작은 열매들을 괴롭힐지 아직 모를 뿐이었다.

이제 또 가혹하고도 아름다운 일상이 너를 몰아가리라는 것을, 네 삶은 여전히 겨울을 통과해 가고 있다는 것을 아프게 인지할 수밖에 없지만. 하지만 너는 지금 생각한다. 눈을 감으면 라오스가 웃고 있다. 아이처럼 무고하고 천진하게 소리 내어 웃고 있다. 너의 조그마한 슬픔은 아마도 그것으로, 한동안 조그마한 위안을 품으리라.

원
망

⌣

"아주 작은 기척이나 움직임 같은 것들에 일일이 반응하게 돼.
모든 게 맨살에 닿는 느낌이야. 아무런 보호막도 없이,
나를 보호하려는 본능도 없이."

한 사람을 마음에 품고 살아가는 일은 즐거움인가 괴로움
인가. 자신의 마음 같지 않은 타인의 마음에 기대고 의지하면
서 얻게 되는 것은 예기치 않은 행복인가 예상할 수 있는 불
행인가. 이 이야기의 끝은 안주인가 상실인가 그것도 아니면
어디에도 이를 곳 없는 공허인가.

그런 물음표들을 품고 너는 테겔 공항에 내렸다. 봄이었으
나 지구와 태양의 거리는 아직 멀어 바람이 찼다. 성급하게 꺼
내 입은 봄 재킷의 옷깃을 여미며 너는 몸을 떨었다.

"춥지?"

마중을 나온 친구가 너의 기색을 살피며 말했다. 갑자기 웬일이야, 무슨 일이 있었던 거야, 같은 말은 아마 삼켰을 것이다.

"베를린에 친구가 있으니 좋구나."

너의 얼굴에 떠오른 미소가 어쩐지 애처로워서, 친구는 왈칵 너를 껴안고 말했다.

"어디 가고 싶어? 먹고 싶은 건? 일단 우리 집에 가서 짐을 풀고 어디로든 가자. 사람들이 와글와글하고 햇살이 쨍쨍한 곳으로."

네가 끌어안고 있는 게 무엇이든 잠시 잊어버릴 수 있게, 라는 말은 역시 삼켜졌다.

오후가 되자 기온이 오르고 눈이 부실 만큼 환한 햇살이 너에게 쏟아졌다. 하지만 주말의 마켓은 이상하리만치 고요했다. 왁자지껄한 소음, 한껏 들떠 웃음을 터뜨리는 사람들, 대기를 떠다니는 음식 냄새 대신 쓰러진 빈 술병과 바람에 떠다니는 휴지 조각들이 너를 맞았다. 친구는 괜스레 미안해했지만 너는 파티가 끝난 후의 씁쓸하고 달콤한 여운이 싫지 않았다.

"아주 작은 기척이나 움직임 같은 것들에 일일이 반응하게 돼. 모든 게 맨살에 닿는 느낌이야. 아무런 보호막도 없이, 나를 보호하려는 본능도 없이."

네 말에 친구는 가만히 너의 눈을 들여다보았다. 어쩌다 그런 사랑에 빠진 거야, 라는 말은 하지 않았다. 네가 품고 있는 사랑, 혹은 너를 품고 있는 사랑은 잠시도 잊을 수가 없는 종류의 것이었다. 너와 사랑을 분리하기에는, 이미 늦었다.

"그 사람을 원망해?"

친구의 말에, 너는 응, 하고 짧게 대답했다.

원망할 원(怨)은 누워 뒹굴 원(夗)과 마음 심(心)이 만나 만들어졌다. 분하거나 서럽거나 억울하거나 기타 등등의 이유로 인해 누워 뒹구는 심정이다. 누군가를 탓하고 미워하는 것이 원망(怨望)이다.

멀 원(遠)은 쉬엄쉬엄 갈 착(辶)과 옷 길 원(袁)으로 이루어졌다. 옷깃이 넉넉한 옷, 큰 옷, 옷깃이 늘어져 있듯 길이 매우 '멀다'는 의미다. 먼 앞날의 희망이 원망(遠望)이다.

원할 원(願)은 근원 원(原)과 머리 혈(頁)이 결합한 모습이다. 원래는 '큰 머리' 또는 '머리가 크다'는 뜻을 표현하기 위해 만들어졌는데, 머리가 커진다는 것이 아는 것이 많아진다는 의미로 받아들여졌다. 아는 것이 많아지면 바라는 것도 많아진다고 하여 '원하다', '바라다'는 뜻이 되었다. 원하고 바라

는 것이 원망(願望)이다.

원망(怨望)과 원망(遠望)과 원망(願望), 세 가지의 감정이 네 속에서 부딪치며 파괴되고 합해지며 폭발했다. 미움과 희망과 바람이 순서를 바꾸어가며 찾아왔다. 너의 그런 사정과 무관하게, 파란 하늘에는 흰 구름이 둥실둥실 떠다니고 따뜻한 바람이 살랑살랑 불어왔다. 마켓의 한쪽, 아무도 살지 않는 낡은 건물 앞에 맨발의 한 소녀가 책을 읽고 있었다. 그 모든 것들이 무차별적으로 네게 들이닥쳐 너의 맨살, 너의 맨마음에 닿았다. 너는 너도 모르게 아, 하고 탄식했고 그 신호를 받아 새들이 일제히 하늘로 날아올랐다.

눈물을 터뜨린 건 네가 아니라 친구였다. 친구는 알고 있었다. 네가 감당할 수 없는 사랑이 너를 통째로 집어삼켰고, 그것이 너를 잠식해 가고 있다는 것을. 친구의 눈물로 인해, 지상에서 네가 도망칠 수 있는 곳은 어디에도 없다는 사실을 너는 깨우쳤다. 더 이상 너의 삶은 너의 것이 아니었다. 그 사실이 칼자국처럼 선명하게 네 마음에 새겨졌다.

"즐거움이나 괴로움, 행복이나 불행, 안주나 상실은 내가 선택할 수 있는 게 아니었어. 한 가지 확실한 건, 내 인생은 결코 공허하지 않다는 거야."

네 말에, 책을 읽던 소녀가 문득 고개를 들고 너와 친구를 바라보며 미소를 지었다. 너도 미소를 지었다. 어디선가 노랫소리가 들려왔다. 미움과 희망과 바람이 다시 한 번 자리를 바꾸고 뒤섞였다. 친구는 문득 깨달았다. 너는 괴로운 행복이고 즐거운 불행이며 사랑 그 자체라는 것을.

공
포

⌣

무엇이 심장을 내리치는가. 언젠가 겪어본 혹은 한 번도
겪어보지 않은 무서운 일이 삶을 내리친다. 존재가 송두리째
흔들리리라는 예감으로 인해 심장이 비정상적으로 뛰고
숨이 가쁘고 식은땀이 나고 온몸이 떨린다.

그 증세가 처음 나타났을 때 너는 비행기 안에 있었다. 잔잔
한 기류 속을 평화롭게 날아가는, 두 시간 남짓한 짧은 비행이
었다. 눈앞이 흐릿해지나 싶더니 목 안쪽이 바싹 마르고 곧이
어 호흡이 가빠졌다. 당장 비행기에서 뛰어내리지 않으면 안
된다고 너의 정신이 미쳐 날뛰는 동안, 너의 이성은 갑작스러
운 이상 증세에 대한 이유를 찾느라 분주해졌다.

가장 먼저 떠올린 단어는 트라우마였다. 의학에서는 외상
을 의미하나 심리학에서는 정신적 외상을 가리키는 이 말은

'상처'라는 의미의 그리스어 '트라우마트'에서 유래하였다. 과거에 경험했던 위기나 공포와 비슷한 일이 발생했을 때, 당시의 감정을 다시 느끼면서 심리적 불안을 겪는 증상이다. 하지만 열 시간이 훌쩍 넘는 장거리 비행을 수십 번 하면서도 네가 공포를 느낀 적은 없었다.

어쩌면 과도한 상상력의 발로일지도 모른다고 너는 생각했다. 상상력은 대체로 네게 좋은 쪽으로 작용해 왔을 뿐 아니라 그 능력을 빼앗긴다면 너는 당장 먹고살 도리가 없을 것이다. 그러나 생각의 가지는 제멋대로 뻗어나가는 것이어서, 가지들이 얽히고설켜 최악의 시나리오를 쓰는 것을 막을 방도는 없었다. 이를테면 비행기는 너를 멋진 곳으로 데려다주기도 하지만 네가 알 수 없는 이유로—어쩌면 영원히 알지 못할 이유로—추락하거나 폭발할 수도 있다.

그렇다면 네가 두려워하는 것은 죽음일까. 삶이 더 이상 지속되지 않는 것, 존재가 무로 변하는 것, 무엇보다 까마득히 알 수 없는 것에 대한 공포일까. 그러나 네 삶은 매달리고 집착할 만큼 뜨겁지 않으니 한낱 먼지가 되어도 한을 품을 일은 없었다. 죽음은 네게 공포보다 호기심을 불러일으키는 오묘한 명제였다.

심장박동 증가, 호흡곤란, 식은땀, 손발 떨림이 한꺼번에 들이닥쳐 너를 통째로 흔드는 동안 너의 이성은 아고라포비아라는 용어를 찾아냈다. 아고라는 고대 그리스 도시국가인 폴리스에 있던 광장으로, 민회와 재판과 상업과 사교 같은 일들이 여기에서 이루어졌다. 처음에는 '시장'이라는 의미로 사용되다가 '사람이 모이는 곳', '사람들의 모임'이 되었다. 포비아는 어떤 상황이나 대상을 필사적으로 피하려 하는 증상이다. '객관적으로 볼 때 위험하지도 않고 불안하지도 않은'이라는 전제가 그 앞에 붙어 있다. 특정한 동물, 어둠이나 천둥소리, 높은 장소, 밀폐된 공간에 대해 과잉반응을 보이는 것이다. 아고라포비아, 즉 광장공포증은 광장이나 공공장소 등 '마음을 먹은 즉시 그곳에서 빠져나갈 수 없는 공간'에서 느끼는 불안장애의 일종이다.

두려울 공(恐)은 굳을 공(巩)과 마음 심(心)이 만나 만들어졌다. 공(巩)은 흙을 다지는 도구인 달구를 들고 땅을 내리치는 모습을 묘사한 것으로, 여기에 심(心)이 더해져 '달구로 심장을 내리치다'는 의미가 되었다. 무엇이 심장을 내리치는가. 언젠가 겪어본 혹은 한 번도 겪어보지 않은 무서운 일이 삶을 내리친다. 존재가 송두리째 흔들리리라는 예감으로 인해 심장이 비정상적으로 뛰고 숨이 가쁘고 식은땀이 나고 온몸이 떨린다. 그토록 두려운 '공'에 두려울 포(怖)가 결합한 것이 공포다.

존재가 소멸하면 그걸로 그만이지만, 살아서 맞닥뜨리는 공포는 현재진행형인 동시에 과거 어딘가에 존재하는 무시무시한 경험을 떠올리게 하고, 최악의 상황이 거듭될 수 있는 미래를 포함하고 있다. 두려움에 두려움이 더해져 육체와 영혼을 포식하고 그것을 에너지 삼아 증식한다.

네가 그런 사념에 골몰하는 사이 비행기는 안정적으로 착륙했고 밖으로 나가는 문이 열렸다. 동시에 너의 호흡이 정상으로 돌아왔다. 어쩔 수 없는 상황은 어쩔 수 있는 상황으로 바뀌었다. 하지만 한 번 공포를 맛본 너의 심장은 여전히 떨리고 있었다. 언제 다시 들이닥칠지 모르는 무형의 적과 싸울 방법은 없다. 안간힘으로 가까스로 떠올린 하나의 문장은, 요코야마 히데오의 소설 『클라이머즈 하이』속에 있었다.

'밥을 먹고 나면 무섭지 않다.'

머뭇머뭇 걸음을 옮겨 구로카와에 도착한 너는 처음 만난 레스토랑으로 들어갔다. 정결한 에이프런을 입은 노부인에게 받아 든 메뉴에서 제일 위에 있는 정식 세트를 주문했다. 요리의 이름이 무엇인지, 어떤 재료로 어떻게 만들어졌는지 알 수도 없었고 상관도 없었다. 디저트까지 말끔하게 비우고 나자 비로소 네가 직면한 공포의 얼굴이 보였다. 피할 수 없는 삶,

그 속에 뿌리를 뻗고 네 심장을 내리치고 있는 건 사람이었다. 너를 싫어하는 사람, 너를 좋아하는 사람, 네가 미워하는 사람, 네가 사랑하는 사람이 너의 과거와 현재와 미래를 절망과 희망으로 위협하고 위로하고 있었다. 흔들리고 휘둘리며 표류할 수밖에 없는 것이 너의 인생이었다.

수많은 사람의 얼굴들이 어지러이 명멸하는 사이, 네 배 속에 든든하게 자리를 잡은 밥이 명령했다. 그만 생각을 멈추라고. 맞서 싸울 수는 없어도 견딜 수는 있을 거라고. 오늘의 공포는, 두려움은, 고뇌는 이것으로 충분하고 넘친다고. 그 안에서 멈칫거리며 싹을 틔우는 희망을 품고 다시 걸음을 옮기라고.

몽
매

⌣

*마지막 인사가 애틋하긴 했으나 애타진 않았다. 그 사람이
네가 쓰던 향수를 갖겠다 했을 때 마음이 쿵 내려앉았지만
그래도 곧 따뜻해졌다.*

'한 사람의 건축가가 설계한 듯 놀라운 조화를 이루고 있는
마을.'

여행 가이드북 론리플래닛은 고르드를 그렇게 말하고 있
다. 가이드북이란 원래 '놀라운', '믿을 수 없는', '환상적인'이
라는 수식어로 가득 차 있고 그러한 수식어가 주렁주렁 붙은
마을을 이미 여럿 둘러본 터라 너는 별다른 기대를 품지 않았
다. 코너를 돌아 산중턱에 자리 잡은 마을을 만났을 때의 감동
은, 그래서 기억에 남을 만한 것이 되었다. 그제야 너는 그렇

게 많은 화가들이 프로방스를 사랑한 이유를 깨달았다. 그 풍경 앞에서 너도 화가가 되고 싶었으므로.

프로방스는 프랑스 남동부의 옛 지명이지만 지금도 그 이름은 널리 통용되고 있다. 고르드는 프로방스에 있는 도시 중 하나로 중세 시대의 모습을 그대로 간직하고 있는 곳이다. 네가 그곳에 도착했을 때, 도시는 서쪽으로 기울어가는 태양의 아늑한 빛을 받으며 조용히 숨을 쉬고 있었다. 아마도 도시의 중심지일 작은 광장은 성벽으로 둘러싸여 있었고, 호텔과 레스토랑과 가게들이 그 안에 옹기종기 모여 있었다. 포근한 침구와 파란 창문이 있는 호텔에 체크인을 하고 너는 한가롭게 산책을 즐겼다. 평화로운 집들과 우아한 나무들 사이로 5월의 바람이 불어왔다.

예쁜 소품을 파는 가게들이 하나둘 문을 닫기 시작하고 레스토랑에서는 저녁식사를 위한 준비가 한창인 이른 저녁이었다. 문밖에 놓인 메뉴를 한참이나 들여다본 후 너는 안뜰이 있는 레스토랑으로 들어갔다. 아페리티프와 애피타이저는 생략하고 푸아그라 샐러드와 그릴에 구운 새우 요리를 주문했다. '지하실의 술병'이라는 이름의 레드와인도 곁들였다.

천천히 식사를 마치고 밖으로 나왔을 때, 수천 수억 개의 별들이 내뿜는 빛이 하늘에서 너에게로 곧장 쏟아져 내렸다. 미처 방어할 틈도 없이, 수천 수억 개의 감정이 너의 심장을 관통했다. 너는 외롭고 무기력했다. 너는 화가 나고 슬펐다. 너는 서럽고 설렜다. 그리고 어쩐지 행복했다. 드디어 완전히 혼자 남겨졌다는 것이, 마침내 어느 길의 끝에 이르렀다는 것이 다행스러웠다. 무언가를 얻겠다고 발버둥칠 일이 아니라 무언가를 포기하기 위해 힘을 써야 한다는 것을 너는 깨달았다.

그날 밤, 포근한 침대 안에서 너는 별을 바라보다 잠이 들었다. 꿈에서 너는 어떤 죽음을 앞두고 있었다. 그것이 육체의 죽음인지 혹은 감정의 죽음인지는 알 수 없었다. 죽기 전에, 너는 사랑하는 사람들을 찾아다니며 네가 간직하고 있던 물건들을 나누어주기로 했다. 네가 떠난 후 '유품'이라 불리게 될 것들이었다. 마지막 인사가 애틋하긴 했으나 애타진 않았다. 그 사람이 네가 쓰던 향수를 갖겠다 했을 때 마음이 쿵 내려앉았지만 그래도 곧 따뜻해졌다. 너는 서른 살도 마흔 살도 지났으니 너의 연보에 요절이란 말은 필요하지 않겠다는 생각을 하다 잠에서 깼다.

살았나 죽었나 헤아리며 너는 창밖을 내다보았다. 별들은 여전히 수천 수억 개였고 네 마음의 갈래도 그러했다. 그 사이에서 단 하나의 진실이 달려와 네게 꽂혔다. 너는 뭔가를 얻으러 온 것이 아니라 뭔가 남길 만한 것을 남기러 온 것이라는

오래된 진실이었다. 갓 태어난 기분으로 너는 그 진실을 끌어안았다.

꿈 몽(夢)은 풀 초(艹)와 눈 목(目)과 덮을 멱(冖)과 저녁 석(夕)을 모아 만든 글자이다. 어스름한 저녁에 눈을 감고 누워 있는 사람의 모습이 그려진다. 잘 매(寐)에는 '자다'는 의미도 있지만 '죽다', '적적하다'는 뜻도 있다. 몽매(夢寐), 잠을 자면서 꾸는 꿈이다.

어두울 몽(蒙)은 풀 초(艹)와 덮어쓸 몽(冡)이 만나 만들어졌다. 무언가를 덮어쓰고 있어 앞을 보지 못하는 사람의 이미지이다. 어두울 매(昧)에는 '어둡다', '찢다', '탐하다', '무릅쓰다' 등의 의미가 있다. 몽매(蒙昧), 어리석고 사리에 어둡다는 뜻이다.

다음 날 아침, 별들이 사라진 자리에 금빛 햇살이 가득 들어찼다. 수천 수억 개의 햇살방울이 공중을 날아다니고 오래된 골목 안에서 찰랑찰랑 종소리가 울려 퍼지는 듯했다. 얼마나 많은 이들이 이곳에서 태어나고 이곳에서 눈을 감았을까. 그들의 삶과 죽음이 언덕을 휘감는 바람으로 맴도는 듯했다.

고르드를 떠나 코너를 돌기 전, 너는 다시 한 번 고르드를 바라보았다. 너의 텅 빈 두 손으로 허공을 움켜쥐며 네가 남길 만한 것이 무엇인지 더듬어보았다. 너는 여전히 삶도 죽음도 모르고 있었고 미래와 자신에 대한 믿음도 없이 일생을 흘러 다닐 터였다. 무지몽매, 아는 것이 없이 어리석고 몽매지간, 좀처럼 잊지 못하며 이룰 수 없는 일에 지나치게 몰두할 것이다. 너는 놀랍지도 않고 조화롭지도 않은 인생을 살다 갈 테니 어떤 책도 네 이름 앞에 화려한 수식어를 붙여주진 않을 것이다. 그러나 그런 너도 기도할 것은 있었다.

살결은 떠나도 숨결은 남을 수 있기를. 언젠가 찾아올 너의 죽음이 너의 삶을 완전히 지우지는 않기를. 몽매(夢寐), 꿈을 꾸는 듯 흐릿한 이 삶 속에서 몽매(蒙昧), 어리석고 어두운 존재로 살아가는 일이 괴롭고 헛되어도, 먼 훗날 누군가 너를 하나의 아름다운 풍경으로 떠올릴 수 있기를 너는 빌고 또 빌었다.

단
순

'인생이란 게 어느 날 문득 뒤바뀔지도 모른다고 생각하며 살아본 적 있어?
나는 평생 변하지 않는 무엇을 꿈꾸었는데. 아주아주 단순한 무엇을.'

그는 너의 소꿉친구였고 여섯 살에 부모를 잃었다. 무슨 사고가 있었다는 이야기는 어렴풋이 들었으나 너는 너무 어렸기에 그 진상을 물어볼 생각도 못했다. 기꺼이 맡아줄 피붙이가 없었던 탓에 그가 고아원으로 갔다는 말만 어깨 너머로 들었다. 그가 떠나던 날 너는 동네가 떠나가라 울고 밥을 먹다가 울고 이불을 뒤집어쓰고 울었지만 여섯 살짜리가 할 수 있는 일은 없었다. 대부분의 세상사가 그러하듯 시간과 함께 기억은 낮은 곳으로 가라앉았다.

20년 후, 고속도로 휴게소에서 너는 그를 다시 만났다. 두고두고 생각해도 이상한 일이었지만 너는 그를, 그는 너를 한눈에 알아보았다. 가락국수 한 그릇을 나눠 먹으며 너는 그의 근황(近況) 아니 원황(遠況)을 물었다.

"일곱 살 때 입양되어 아주 먼 나라로 갔어. 양부모는 나한테 로빈이란 이름을 붙여줬지."

그가 아홉 살 때 두 사람은 이혼했고 각자 다른 사람과 결혼을 했다. 둘 다 로빈을 원했기 때문에 그는 양부와 양모의 집을 오가며 살았다. 양부모의 새 배우자들도 로빈을 사랑했다.

"싫진 않았지만 뭐랄까, 복잡했어. 엄마가 둘, 아빠가 둘이라."

열여덟 살이 되었을 때 그의 인생은 다시 한 번 바뀌었다. 양부와 그의 아내는 미니멀 라이프에 경도되어 모든 것을 처분하고 시골로 떠났다. 양모의 남편은 병으로 세상을 떠났고 양모는 수녀원에 들어갔다. 그 결과 두 집안의 막대한 재산이 그에게 넘어왔다.

"평생 일을 할 필요가 없게 되었어. 하고 싶은 일이 무엇인지 알아내기도 전에."

그래서 그는 일을 하지 않았다. 남들이 대학에 진학하여 공부를 하고 취직 준비를 할 때 그는 기타를 배우고 그림을 그리고 노래를 부르며 여행을 다녔다.

"한 달 전에 한국으로 왔어. 마음이 가는 대로 돌아다니던 중이야."

그의 푸른색 뉴비틀 카브리올레는 너의 낡고 작은 차 바로 옆에 세워져 있었다. 어머 예쁜 색깔이네, 네 말에 그는 마음에 들면 가져, 하고 대답했다.

"두 달 전에 진단을 받았어. 길어야 석 달이래."

하지만 너는 스틱을 몰 수 없었기 때문에 그의 선물을 거절해야 했다. 그는 너의 주소를 묻고 네 뺨에 입을 맞춘 다음 또 보자, 하고 훌쩍 가버렸다.

그해 겨울, 캘커타에서 그는 네게 엽서를 보냈다. 무슨 영문인지 모르겠지만 여태 살아 있다고, 인도를 돌아다니다가 파란 눈의 집시를 만나 사랑에 빠졌다고, 어느 날 새벽 눈을 떠보니 홀로 남겨졌다고, 그래서 기타 하나 둘러메고 온종일 걷다가 별이 뜨면 달을 보며 노래를 부른다고 했다.

'인생이란 게 어느 날 문득 뒤바뀔지도 모른다고 생각하며 살아본 적 있어? 모든 게 뒤죽박죽, 마음을 놓을 겨를이 없어. 이젠 쉬고 싶은 생각뿐이야. 이런 나를 이해할 수 있어? 잡은 것도 놓친 것도 다를 게 없어. 다 가지고 다 잃은 인생만 남았지. 나는 평생 변하지 않는 무엇을 꿈꾸었는데. 아주아주 단순

한 무엇을.'

　홑 단(單)은 '식구들을 먹여(口) 살리기 위해 많은 날을(十) 밭(田)에 나가 홀로 열심히 일한다는 데서 '홑'을 뜻한다고 한다. 또는 단(單)이 돌팔매 같은 원시 무기를 그린 것으로 보고, 혼자 사냥할 수 있는 도구이기 때문에 '홀로'라는 의미가 된 것이라고도 한다. 순수할 순(純)은 가는 실 사(糸)에 진 칠 둔(屯)을 더한 것이다. 둔(屯)은 풀이 싹트는 모양을 그린 것으로 사물의 으뜸, 깨끗한 실, 새로 지은 옷 등을 의미한다.

　어째서 다른 사람들과 함께 일을 하거나 사냥을 하지 않고 혼자 다녔는지, 그러한 사람의 모습이 왜 문자로 남았는지, 그 문자가 어쩌다 순수할 순과 만났는지, '홀로 순수함'이 어떻게 하여 '복잡하지 않고 간단함'이라는 의미로 사용되고 있는지 너는 궁금했다. 무엇보다 너는 로빈의 노래가 궁금했다. 그는 어떤 얼굴을 하고 어떤 목소리로 어떤 노래를 부를까.

　그날 밤, 너는 창문을 활짝 열고 6월의 달을 바라보았다. 사실은 너도 복잡한 것이 싫어서 홀로 삶을 지탱하는 중이었다. 그러나 혼자서도 충분히 복잡해지고 혼자가 아니어도 단순할 수 있는 것이 인간의 삶이다. 단순의 단서는 '홀로'가 아니라 '순수'일지도 모른다. 그 사실을 깨닫는다면 로빈은 너를 찾아올 것이다. 또다시 20년쯤 흐른 다음에라도.

너는 먼지투성이 상자에서 소꿉을 꺼내어 모래를 털었다. 언젠가 그날이 오면 너는 말갛게 닦은 소꿉을 내보이며 그에게 말할 것이다. 그를 위해 간직해 온 변하지 않는 무언가가 여기 있다고. 삶이 그를 이리저리 끌고 다니며 예기치 않은 곳에 내팽개치고 한껏 들어 올렸다 떨어뜨리는 동안, 변하지 않았던 그의 눈동자를 닮은 무엇이 네 마음속에도 존재하고 있다고. 누구도 빼앗을 수 없는, 너희가 공유한 어린 기억에 뿌리를 내리고.

침묵

그때가 처음이었을지도 모른다. 빛이 소리를 낸다는 것을
네가 깨달은 것은. 밤이 지나고 어느 먼 동쪽 하늘에서 솟아오른
해의 온기가 천천히 대기 속으로 퍼져나가 마침내 너의
작은 창에 이르러 보드랍고 보송보송한 소리를 내는 것이다.

페레 포르타벨라 감독의 영화 「바흐 이전의 침묵」은 1분 30초 동안의 무음으로 시작된다. 별거 아니잖아, 하고 생각해버리면 곤란하다. 방음장치가 잘된 영화관에 못처럼 박혀 있는, 그것도 영화의 스토리를 따라가던 중이 아니라 아무것도 시작되지 않은 상태에서 막막하게 기다리는 1분 30초에는 굉장한 박력과 무게가 있다. 그 침묵을 깨고 마침내 바흐의 「골드베르크 변주곡」 제1번 아리아가 흘러나오면, 물속에 잠겨 있다 올라온 사람처럼 급한 숨이 절로 따라 흐른다.

언젠가 너는 반지하에 있는 방에서 자취 생활을 한 적이 있다. '반지하'라는 말이 너는 좀 이상했다. '반지상'이라 해도 좋을 텐데. 어쨌든 반지하란 말 그대로 반은 지하에 존재하는 것이어서 번듯하다고는 도무지 말할 수 없는 좁고 길쭉한 창이 천장과 맞닿아 붙어 있는데, 그 창을 활짝 열어두는 것조차 여의치 않다. 이쪽에서는 손이 겨우 닿는 높은 창이지만 밖에서 보면 발치에 붙어 있는 창이니 마음만 먹으면 얼마든지 들여다볼 수 있다. 창을 열어둔다 해도 쓸 만한 풍경이 어른거리지는 않는다. 기껏해야 퉁명스럽고 무뚝뚝한 발들이 바쁘게 스쳐갈 뿐이다.

그런 창을 통해 들어오는 햇빛은 인색하다. 가난한 자취생을 위한 집이 동쪽이나 남쪽을 향해 우뚝 서 있을 리는 없으므로 아침이 되어도 햇빛의 은총을 받지 못하는 경우가 허다하다. 아침은 밤 같고 밤은 제대로 된 밤 같지 않다. 모처럼의 휴일, 외출 계획이 없다면 하루 스물네 시간을 어설픈 밤의 왕국에서 보내게 되는 것이다.

그런 곳에서 살다가 3층에 있는 집으로 이사를 갔을 때, 손바닥만 한 창 너머로 하늘이 보인다는 게 너는 무척이나 신기했다. 그때가 처음이었을지도 모른다. 빛이 소리를 낸다는 것을 네가 깨달은 것은. 밤이 지나고 어느 먼 동쪽 하늘에서 솟아오른 해의 온기가 천천히 대기 속으로 퍼져나가 마침내 너의 작은 창에 이르러 보드랍고 보송보송한 소리를 내는 것이다.

그날 너는 썼다. 한 줄기의 빛이 아침의 소리를 낸다, 라고. 빛이 없는 아침은 무음(無音), 음이 없는 것이 아니라 사음(死音), 음이 죽은 상태다. 작은 날개를 퍼덕이며 열심히 날아온 새의 가녀린 노래를, 영원과 같은 밤을 견디고 막 봉오리를 펴 올린 꽃의 수줍은 인사를, 빛이 없는 아침은 일말의 망설임도 관대함도 없이 삼켜버린다. 하지만 커다란 창에서 빛이 쏟아져 들어온다 해서 그것으로 너의 아침이 틀림없이 시작된다는 보장은 없다. 빛은 무한하지만 그 빛을 감지하는 것은 네 속의 빛일지도 모른다.

빛이 소리를 내는 것이라면, 또한 네 속의 빛이 자연의 빛에 반응하는 것이라면 네가 내는 소리는 어떤 것일까, 라는 질문 뒤에 너는 물음표 하나를 달아두었다.

너는 이루고 싶은 것이나 갖고 싶은 것이 별로 없는 사람이다. '소년이여, 야망을 가져라' 같은 말들은 너 아닌 다른 사람들에게 하는 말이려니, 하고 살아왔다. 야망이란 뭔가 번잡해 보이고 그런 걸 이루겠다고 설치다가 괜히 다른 사람들에게 피해나 줄 것 같아서 감히 품고 싶지 않다. 뭔가를 소유한다는

단어의 중력

것이 얼마나 덧없는 일인가를 알아버리자 욕심도 덧없이 느껴졌다. 그러나 한 가지, 날이 갈수록 조금 더 원하게 된 것이 있다면 허겁지겁 시작하는 아침을 맞지 않는 것이다.

오전 스케줄은 가능하면 만들지 않는다. 후다닥 뛰쳐나가서 처리해야 할 만큼 중요한 일도 따지고 보면 별로 없다. 오전에 오는 전화도 받지 않는다. 너를 아는 사람들은 오전에 전화하는 일이 없고 카드회사의 홍보전화 정도는 가볍게 외면할 수 있다. 침대에서 기어 나와 창을 열고 커피를 내리는 동안 화분에 물을 주는 일, 천천히 차가운 물 한 컵을 다 마시는 일, 사과 한 알을 껍질째 깨물어 먹는 일, 욕조 속에 들어가 눈을 감고 음악을 듣는 일, 그것만으로 오전이 지나간다. 그렇게 느긋하게 어슬렁거리며 머릿속으로 오늘의 할 일을 떠올린다. 몇 가지 생각들, 몇 가지 아이디어들 중에서 싱싱하게 파닥이는 것들을 붙잡아 손에 닿는 노트에 옮겨둔다. 그사이에 수많은 소리들이 밤을 밀쳐낸다.

이를테면 커피가 끓는 소리, 목마른 화초들이 마음껏 물을 빨아들이는 소리, 창밖에서 아이들이 서로의 이름을 부르는 소리, 욕조에 물이 채워지는 소리, 한껏 물이 오른 사과가 아삭, 하며 치아 사이에서 부서지는 소리, 브람스 또는 슈베르트의 피아노와 첼로 소리, 그 위로 빛의 소리가 쏟아진다. 너는 빛에 반응할 준비를 마치고 머리카락의 물기를 닦아내며 모니터 앞에 앉는다.

그리고 너는 쓴다. '나는 빛의 소리를 쓴다'라고. 너는 침묵, '아무 말도 없이 잠잠히 있음 또는 그런 상태'이고 네 주위는 침묵, '정적이 흐름 또는 그런 상태'이다. 침묵, 잠길 침(沈), 잠잠할 묵(默) 안에서 빛의 소리를 듣는다. 바흐 이전이 아닌 이후의 침묵, 지하가 아닌 지상의 침묵, 어둠이 아닌 빛의 침묵 속에서 빛의 노래를 빚는다.

미
련

$$\smile$$

*심장이 불규칙적으로 뛰는 것, 시간이 지나치게 빠르거나
느리게 흐르는 것, 네가 그 순간 그 자리에 존재하는 이유가
불투명한 것을 너는 늘 견딜 수 없었다.*

너는 그곳을 '오이 마을'이라 불렀다. 상상력은 없으나 실용적인 이름이긴 했다. 그 마을을 아는 사람이라면 대뜸 '아, 거기!' 하고 알아들었으니까.

초록이 한창이고 더위도 한창이었다. 네가 한철을 보내고 있던 타국의 도시가 술렁이고 들썩이며 여름에 반응했고 그 기세에 휩쓸려 너도 친구와 함께 짧은 여정을 꾸렸다. 목적지는 베를린 남동쪽을 향해 기차로 한 시간 남짓 거리에 있는, '독일의 베니스' 혹은 '독일의 아마존'이라 불리는 슈프레발트

(Spreewald)였다. 오리나무와 소나무로 가득한 삼림과 이백 개 이상의 작은 수로들로 이루어진 그곳은 1991년, 유네스코에 의해 생물권보호지역으로 지정되었고, 그 지역에 거주하는 슬라브계 소르비아인 후손들은 그들의 언어와 관습을 여전히 지켜가고 있다는 이야기를 기차 안에서 들었다. 슈프레발트의 중심도시가 뤼베나우(Lübbenau) 즉 오이 마을이다.

마을의 삼 분의 이 정도는 과연 수로와 나무들이 점령하고 있었고 집들은 그 틈을 비집고 들어선 형국이었다. 오목한 강 기슭마다 날렵한 카누가 늘어서서 손님을 기다리고 있었다. 카누를 타본 적은 없었지만 강은 잔잔하고 다정해 보여서 너도 한 척을 빌렸다. 뒤쪽에 앉은 친구가 방향을 잡고 나아가는 동안 너는 생각보다 무거운 노를 붙잡고 낑낑거리다 아예 손을 놓아버렸다. 강물에 뿌리를 담근 나무의 가지가 너의 손목을 건드리고 오리들은 줄을 지어 종종종 다가왔다 멀어졌다. 낮은 집들 앞에는 색색가지 우편함들이 고개를 내민 채 수로로 배달되는 편지를 기다리는 중이었다. 맞은편에서 한 무리의 사람들을 태운 큰 배가 다가와서 친구는 배의 방향을 살짝 틀었다. 그 배의 사공은 느릿느릿 노를 저으며 장광설을 늘어놓았고 사람들은 맥주를 마시며 잔잔한 웃음을 짓다가 너와 친구를 향해 손을 흔들었다.

"디즈니랜드에 사람이 살고 있는 것 같지 않아?"

친구의 말에 너는 고개를 끄덕이면서도 이 모든 것들이 왜 이리 현실적으로 느껴질까 의아해했다. 이국에서의 짧은 여행, 낯선 곳에서의 낯선 경험은 마땅히 낯설어야 할 텐데. 그런 느낌이 너는 싫지 않았다. 심장이 불규칙적으로 뛰는 것, 시간이 지나치게 빠르거나 느리게 흐르는 것, 네가 그 순간 그 자리에 존재하는 이유가 불투명한 것을 너는 늘 견딜 수 없었고 그래서 여행은 언제나 너에게 모험이었다. 하지만 그곳의 모든 것은 제자리에 있는 것 같았고 너 역시 있어야 할 자리에 있는 듯했다.

그렇게 한 시간쯤 어슬렁거리며 흘러가다 강둑에 서 있는 고풍스러운 레스토랑을 만났다. 너와 친구는 배를 대고 뭍으로 올라가 레모네이드를 탄 맥주 두 잔을 시켰다. 2차 세계대전의 폭격에서 살아남았다는 오래된 건물의 실내는 섭씨 40도를 오르내리는 더위 속에서도 서늘한 냉기를 품고 있었다. 그래도 너와 친구는 굳이 정원에 자리를 잡고 나무 사이로 불어오는 바람을 맞았다.

그날 저녁에는 숙소에서 도보로 10분 거리에 있는 도시의 중심지에서 밤을 보냈다. 작은 광장에는 천막이 들어섰고 온갖 음식을 파는 가판대에 사람들이 북적거렸다. 알고 보니 마

을 탄생 칠백 주년을 기념하는 축제 기간이었다. 오이가 특산물인 마을답게 다양한 종류의 오이 피클은 물론이고 오이 소시지, 오이 아이스크림, 오이 맥주까지 온통 초록 빛깔, 오이 빛깔이 가판대를 뒤덮고 있었다. 너는 맥주와 소시지를 골랐다. 능청스러운 진행자가 흥을 돋우는 무대 위로 마을의 어린이들, 청소년들, 어른들이 차례로 올라가 춤을 추고 노래를 불렀다. 그날을 위해 초청된 뮤지션들과 코미디언들이 각자의 몫을 하고 내려간 밤 10시, AC/DC 카피밴드가 무대에 오르자 전통의상을 입은 마을 사람들이 환호성을 질렀다. 더위가 풀썩 주저앉고 강바람이 살랑살랑 꼬리를 흔들며 그 자리를 메웠다. 동화 같은 마을과 카피밴드라니, 썩 어울리는 조합이 아닌가 싶어 너는 유쾌한 웃음을 터뜨렸다.

아닐 미(未), 익힐 련(練), '깨끗이 잊지 못하고 끌리는 데가 남아 있는 마음'을 미련(未練)이라 한다. 글자 그대로 해석하면 '익히지 아니함'이다. 익힐 련(練)은 가는 실 사(糸)와 가릴 간(柬)이 만난 것으로 간(柬)은 나뭇단을 묶어놓은 모습이다. 수많은 나뭇가지에서 쓸 만한 것을 가려 나뭇단으로 만들었으니 '가리다', '분간하다'는 의미로 사용될 만하다. 실(糸)은 누에고치에서 뽑았으니 그 일을 하기 위해서는 경험을 쌓아 익숙해지는 과정이 필요했을 것이다. 무언가를 '익힌'다는 건 우연히 혹은 그저 얻는 것이 아니라 여러 차례의 경험을 반복해야 하는 것이다. 삶을 짊어지고 가는 한 겪지 않을 수 없는 심장의 불규칙한 고동, 애를 끊는 간절함, 지나치게 빠르거나 느리게 흐르는 시간, 타인에 의해 혹은 스스로에 의해 존재를 부정당했던 순간을 너는 이미 넉넉하게 경험한 것일까. 지금도 지속되고 앞으로도 찾아올 고통에 대항할 미약한 항체라도 생겨난 것일까.

그곳에서 너의 시간은 심장이 뛰는 속도로, 천천히 걸음을 옮기는 속도로 흘러갔다. 따뜻한 현실에 감싸여 너는 생각했다. 충분히 익히면, 충분히 익숙해지면 더 이상 어딘가에 마음을 두고 오지 않을 수도 있을 거라고. 이랬으면 저랬으면 하는 미련은 다 두고 오롯한 사랑만 가져오는 일이 가능할지도 모르겠다고.

소원

'어떤 소원이라도 괜찮은 걸까? 이룰 수 없는 꿈, 꿈꿀 수 없는 희망,
희망이 없는 사랑, 사랑이 없는 영원 같은 것을 섣불리 소망했다
진짜로 이루어지면 어쩌지?'

혼자 여행을 떠난다는 건 누군가의 빈자리를 체험하는 일
이다. 햇살이 좋은 카페에 앉아 상념에 잠기면 생각은 사람을
찾아 떠돈다. 테이블 한쪽을 비우고 펜을 꺼내어 엽서를 쓰는
것은 사람의 다정함이 그립기 때문이다. 나는 지금 먼 곳에 와
있다고, 하늘은 푸르다고, 바람에서는 풀의 향기가 난다고 쓰
는 것은 당신이 여기 이 자리에 있었으면 좋겠다는 의미다. 낯
선 곳에 발을 디딜 때마다 그의 빈자리는 선명해진다. 그래서
여행자의 걸음은 한없이 느려지고 여행자의 마음은 바람이

불 때마다 흔들린다.

　베니스의 페기 구겐하임 갤러리에 'wish tree'라 불리는 나무가 있다. 뉴욕 구겐하임 미술관의 설립자인 솔로몬 구겐하임의 조카 페기 구겐하임에게 오노 요코가 선물한 것으로, 소원을 매달아 놓는 나무다. 초가을 오후였다. 반짝반짝 빛나는 나뭇잎들 사이에서 여린 종이들이 천진난만하게 나풀거리고 있었고 나무 아래에는 한 남자가 골똘한 생각에 잠겨 있었다. 너도 가방을 뒤져 펜을 꺼내고 바구니 안에 소복하게 쌓인 하얀 종이 중 한 장을 집어 들었다.

　'하지만', 너는 생각했다. '어떤 소원이라도 괜찮은 걸까? 이룰 수 없는 꿈, 꿈꿀 수 없는 희망, 희망이 없는 사랑, 사랑이 없는 영원 같은 것을 섣불리 소망했다 진짜로 이루어지면 어쩌지?' '소원'이라는 단어의 묵직한 중력이 너를 이리저리 끌고 다녔고 너는 혼란스러웠다. '다른 사람들은 어떤 소원을 비는 걸까?' 궁금해진 너는 고개를 들어 나무 아래의 남자를 바라보았다. 1분이 지나고 5분이 지나고 10분이 지날 때까지 남자는 움직이지 않았다. 30분이 지나고 한 시간이 지날 때까지 너도 움직이지 않았다.

　그날 늦은 저녁, 너는 레스토랑 야외테이블에 앉아 흐르는 강물을 물끄러미 바라보고 있었다. 서글프고 다정한 달빛이 네 앞에 놓인 와인잔에 어른거렸다. 인기척을 느낀 네가 고개를 들자 소원의 나무 아래 앉아 있던 남자가 눈앞에 서 있었다. 그는 머쓱하게 웃으며 맞은편 자리에 털썩 앉았다.

"궁금했어. 네 소원은 뭐였는지."

"나도 궁금했어. 네가 소원을 썼는지."

남자는 고개를 절레절레 흔들며 쓴웃음을 지었다.

"나는 소원을 빌면 안 돼."

"어째서?"

"죄다 이루어져 버리거든."

학교에 가지 않게 해달라고 빌자 학교가 불타버렸던 어린 시절, 엄마의 잔소리를 듣지 않게 해달라고 빌자 엄마가 병을 얻었던 사춘기 시절이 있었다. 한 사람을 사랑하게 되어 그 사람의 사랑이 변치 않게 해달라고 빌었는데, 정작 자신의 마음이 변해버려 이러지도 저러지도 못할 지경이 되었다.

"그래서 도망치듯 여행을 떠났는데, 소원의 나무 같은 걸 만날 줄은 몰랐어."

바 소(所)는 집을 뜻하는 호(戶)에 도끼(斤)로 찍은 곳이 더해진 것이다. 원래는 나무를 베는 소리를 나타내는 말이었지만 지역, 위치, 지위 등 장소나 자리를 의미하게 되었다.

원할 원(願)은 근원 원(原)과 머리 혈(頁)이 만나 만들어졌다.

본래 '큰 머리' 혹은 '머리가 커지다'는 뜻을 가지고 있었는데 '머리가 커지다'는 '아는 것이 많아지다'로, '아는 것이 많아지다'는 '바라는 것이 많아지다'로 확대되어 '원하다', '바라다'가 되었다. 머리는 생각의 근원이고 생각이 많아지면 바라는 것도 많아진다는 단순하면서도 심오한 결론이다.

소원으로 삶을 망친 이는 그리스신화에도 있다. 아폴론에게 예언 능력을 물려받은 시빌레는 손에 모래를 한 움큼 쥐고 모래알 수만큼의 수명을 달라고 했다. 하지만 젊음을 유지해 달라는 말은 하지 않아 천 년이라는 세월의 대부분을 노인으로 살다가 쪼그라든 몸으로 동굴 천장에 매달려 죽음을 소망했다. 트로이의 왕자 티토노스는 새벽의 여신 에오스에게 불사의 몸을 받았지만 역시 늙어 매미로 변했다.

혼자 여행을 떠난다는 건 내 삶의 가벼움을 느끼고, 그 삶을 함께 영유해 주는 이들의 무거움을 절감하는 일이다. 햇살이 좋은 나무 아래 앉아 소원을 더듬으면 생각은 흘러넘쳐 사람을 향한다. 나의 꿈과 희망과 사랑과 영원은 사람이 아니라면 무의미하다는 것을 깨닫게 된다. 세계의 빈자리가 또렷해지고 행복한 외로움이 밀려온다.

그는 그날 종이에 아무것도 쓰지 못했다고 했다. 삶을 소원하던 신화의 인물들이 죽음을 소원했듯, 소원이 이루어지길 소원했던 그는 소원이 없는 삶을 소원했다. 너는 그날 소원 대신 사랑하는 이들의 이름을 썼다. 종이를 나무에 매달며 너는 생각했다. 어쩌면 소원의 나무는 소원을 들어주는 나무가 아닐지도 모른다고. 지금 너의 소원이 무엇인지 묻는, 그래서 네가 지켜가야 할 것들이 무엇인지 알려주는 나무일 거라고.

연
민

⌣

더 이상 네가 할 수 있는 일이 없다는 것, 더 이상 네가
해야 할 일이 없다는 것, 더 이상 무언가를 기다리거나
원하지 않아도 된다는 것이 너를 기쁘게 했다.

· 너는 꿈을 꾼다. 누군가를 찾아가는 꿈이다. 그 누군가는 바다가 내려다보이는 언덕 꼭대기에 홀로 서 있는, 나무로 만든 집에 살고 있다. 너는 단단한 나무문을 두드려 네가 찾는 누군가를 부른다. 꿈은 물처럼 스르르 흘러 다음 장면에서 너는 네가 찾던 사람과 마주 앉아 있다. 이 사람은 누구일까. 갑자기 마음속에서 단어 하나가 솟구쳐 오른다.

"킬러. 당신은 킬러군요."

킬러는 엄숙한 표정으로 고개를 끄덕이며 한 줌의 찻잎이

단어의 중력

담긴 찻잔에 뜨거운 물을 붓는다. 차의 향이 네 코끝에 닿는다.

"그리고 세계가 곧 끝나는 거군요."

찻잔을 네 앞으로 밀어주고 킬러는 다시 한 번 신중하게 고개를 끄덕인다.

"그런데 당신은 이제 누구를 죽이는 건가요? 세계가 끝나는 마당에?"

네 말에, 킬러는 얼굴을 찌푸린다.

"나는 사람을 죽이는 킬러가 아닙니다."

그 순간, 창밖에서 눈보라가 흩날리더니 풍경 속 모든 색채가 사라진다. 세계의 끝이 막 시작되었다는 것을 너는 깨닫는다.

한때 너는 세계가 끝나는 순간을 즐겨 상상했다. 그 상상은 너를 설레게 했다. 더 이상 네가 할 수 있는 일이 없다는 것, 더 이상 네가 해야 할 일이 없다는 것, 더 이상 무언가를 기다리거나 원하지 않아도 된다는 것이 너를 기쁘게 했다. 잠들기 전까지 그런 생각을 하다가 그게 꿈으로 이어질 때도 많았다. 하지만 그런 꿈 속에 인물이 등장한 것은 처음이었다. 게다가 킬러라니. 그런데 사람을 죽이는 킬러가 아니라면 그는 무엇을 죽이는 걸까. 그리고 왜 세계의 끝에서 그를 만난 걸까.

잠에서 깨어난 너는 한 줌의 찻잎을 찻잔에 담고 뜨거운

단어의 중력

물을 부어 천천히 마신다. 차의 향이 코끝에 훅 닿는 순간 섬광처럼 답이 번쩍인다. 너는 컴퓨터를 켜고 키보드를 두드리기 시작한다. 그는 사람이 아니라 사람의 감정을 죽이는 킬러라고.

말하자면 이런 이야기다. 킬러는 인간이 지니고 있는 감정들 중에서 그들이 원하지 않는 감정을 선별하여 죽인다. 수많은 사람들이 혼란과 갈등의 원인을 제거하기 위해 킬러를 찾아와 감정을 죽였다. 만약 킬러들이 없었다면 그들은 서로를 죽였을 것이다. 킬러가 다루는 감정은 크게 열두 가지로 나뉜다. 증오, 욕망, 후회, 미련, 두려움, 슬픔, 아픔, 그리움, 질투, 집착, 분노, 그리고 당연하게도 사랑이다. 역시 당연하게도 킬러를 찾아온 사람들의 대부분은 사랑을 죽였다.

여기까지 쓰고 나서 너는 홀연한 생각에 잠겨 한동안 움직이지 않는다. 이 열두 가지 감정으로 충분한 걸까? 무언가 중요한 것이 빠져 있지 않은가? 이를테면 세계의 끝을 멈출 수 있는, 인간의 고귀함을 설명할 수 있는 감정이?

불쌍히 여길 연(憐)은 마음 심(心) 옆에 도깨비불 린(粦)이 어른거리는 모습이다. 도깨비불의 사전적 정의는 '밤에 무덤이나 축축한 땅 또는 고목이나 낡고 오래된 집에서 인 따위의 작용으로 저절로 번쩍이는 푸른빛의 불꽃'이다. 마음에 도깨비불이 번쩍이면 무서울 법도 한데, 이 글자는 무서움이나 두려움을 나타내지 않고 '불쌍히 여기다', '가엾게 여기다'라는 의미로 사용된다. 자신이 놓인 처지보다 어두운 밤 홀로 명멸하는 측은한 영혼을 먼저 생각하기 때문이다.

근심할 민(憫)에도 마음 심(心)이 있다. 이 마음은 위문할 민(閔)을 만나 '근심하다', '고민하다'는 뜻을 갖게 되었다. 민(閔)은 문 문(門)에 글월 문(文)이 더해진 것인데 상을 치르고 있음을 알리기 위해 대문에 이 글씨를 붙여놓았다고 한다. 상을 당한 이들의 근심을 그저 바라보지 않고 위로하는 마음이 여기에 있다.

연민은 상대의 마음을 헤아리지 못하면 일어나지 않는 감정이다. 연민의 감정이 없는 인간은 태연하게 누군가를 속이고 배신하고 상처 주고 잔인하게 죽이기도 한다.

한때 너는 네가 유일하게 믿을 수 있는 것은 세계의 끝이라 생각했다. 기껏해야 한 계절도 견디지 못하는 사랑이나 추억 따위는 신물이 났다. 만남과 이별을 되풀이하며 너의 영혼은 절대적인 것을 갈망하게 되었고 그 갈망은 세계의 끝에 대한 믿음이 되었다. 그곳에 이르면 모든 것을 용서하고 용서받을 수 있을 것 같았다. 마음껏 후회하고 마음껏 두려워하고 마음껏 울 수 있을 것 같았다. 네가 숨기고 참아야 했던 감정들이 팔딱팔딱 날뛰다가 날개를 달고 훨훨 날아가는 모습을 볼 수 있을 것 같았다. 그리고 마침내 영원히 평화로운 잠 속에 꿈도 없이 잠기기를 너는 원했다. 소망도 없이, 기다림도 없이.

꿈에서 만난 킬러가 연민을 가르쳐준 그날 이후, 너는 조심스럽게 밀봉해 둔 감정들을 꺼내어 하나씩 만져보기 시작했다. 증오, 욕망, 후회, 미련, 두려움, 슬픔, 아픔, 그리움, 질투, 집착, 분노, 사랑, 그리고 연민. 그 모든 것이 너를 이루었다. 그리고 그것이 아직 끝나지 않은 너의 세계이다.

고
독

한순간, 한 시간, 하루, 한 달, 한 해, 한평생에 고여 있던 누군가의
시간들이 무수히 흩어져 은빛 가루로 날린다. 손을 뻗으면
만질 수도 있을 것 같다.

어딘가로 떠나고 싶다는 욕망에 사로잡혀 너는 길을 떠난
다. 길 위에서의 날들이 이어지면서 어딘가에 머무르고 싶다
는 욕망에 차오를 무렵, 너는 작은 마을에 당도한다. 둥글고
납작한 돌을 쌓아 만든 낮은 집들이 낮은 어깨를 맞대고 모여
있는 그 마을은 온통 올리브나무, 올리브나무, 올리브나무로
둘러싸여 있다.

마티스의 표현을 빌면 '아침 6시 30분에 가장 아름답게 반
짝이는 올리브나무'와 '모든 것을 풍요로운 색채로 물들이는

은빛 햇살'이 무성하게 흘러넘치는 그곳은 '보리 마을(Village des Bories)'이다. 론강 하류에서 알프스산맥에 이르는 프랑스 남동부, 프로방스에 자리를 잡고 있다. 그곳에 발을 들여놓은 순간, 너는 아침 6시 30분에 창을 활짝 여는, 올리브나무의 은빛 햇살을 맞이하는 자신의 모습을 선명하게 떠올렸다. 얼마나 외롭고 얼마나 아름다울까. 그런 삶을 위해서라면 너는 네가 가지고 있는 모든 것들을 기꺼이 벗어던질 수 있을 것 같았다. 태어나 자란 너의 터전, 너와 함께 울고 웃던 사람들, 네가 근근이 얻어낸 보잘것없는 재산과 명예까지.

너는 천천히 마을을 둘러본다. 세월이 차곡차곡 눌어붙은 벽, 차갑게 식은 아궁이, 금이 간 식기가 너의 반짝이는 눈에 담긴다. 16세기부터 사람이 살던, 그러나 20세기 초에 사람들이 떠난 마을이다. 이제 마을에서 숨을 쉬고 있는 건 가을 햇살 속에서 빛나는 올리브나무들뿐이다. 별처럼 반짝이는 나뭇잎들 사이로 바람이 통과할 때마다 시간은 역류한다. 한 순간, 한 시간, 하루, 한 달, 한 해, 한평생에 고여 있던 누군가의 시간들이 무수히 흩어져 은빛 가루로 날린다. 손을 뻗으면 만질 수도 있을 것 같다.

언젠가 이곳에서 작은 아이들이 웃었을 것이다. 나뭇가지와 풀잎을 가지고 흙투성이가 될 때까지 놀다가 엄마를 부르

며 집으로 뛰어 들어갔을 것이다. 그런 아이들을 품고 어른들은 불을 때어 밥을 지었을 것이다. 가축을 돌보고 감자를 심고 다 같이 둘러앉아 밥을 먹고 낮은 담을 사이에 두고 이웃과 이야기를 나누었을 것이다. 별을 보고 사랑을 하고 이별을 겪고 또다시 힘을 내어 살아갔을 것이다.

외로울 고(孤)는 아들 자(子)에 덩굴에 매달려 있는 열매를 그린 오이 과(瓜)를 붙인 글자이다. 홀로 매달려 있는 열매처럼 외로운 아이의 이미지는 '외롭다', '의지할 데가 없다', '멀다', '(고아로) 만들다' 등의 의미를 갖게 되었다.

홀로 독(獨)은 개 견(犬)에 애벌레 촉(蜀)이 더해진 것이다. 蜀(촉→독)은 발음 역할만 하는 것이고, 개는 싸우지 않도록 한 마리씩 떼어놓아야 하기 때문에 '홀로', '오직'의 의미를 나타낸다는 것이 일반적인 해석이다. 그런데 음을 나타내는 글자가 왜 하필 애벌레일까? 개 한 마리가 오도카니 앉아 있고 그 곁에 애벌레가 있는 모습을 그려본다. 땅에 바싹 붙어 있는 작은 애벌레는 개의 흥미를 끌지 못할 것이다. 시간이 흘러 나비가 되면 팔랑팔랑 날아다니며 개와 함께 산책을 즐길 수 있을지도 모르지만. 그러나 그러한 미래를 알 리 없는 개와 애벌레는 각자 무료하고 쓸쓸한 시간을 견딜 수밖에 없겠지. 서로가 서로에게 무의미한, 함께 있어도 홀로인 시간이다.

네가 머물고 싶은 곳은 더 이상 사람이 살지 않는 마을이다. 그 어떤 각오나 결단, 노력이나 행운도 너를 그곳에서 살게 해줄 수는 없다. 시간을 거슬러 올라가지 않는 이상. 떨어지지 않는 발걸음을 옮기는 너의 등 뒤에서 파도처럼 바람이 친다. 나뭇잎들이 웅성거린다. 가을은 올리브나무 사이로 흐르다 가볍게 날아 천천히 너의 옷깃을 파고든다. 솜뭉치 같은 한 줌의 고독이 네 옷깃을 헤치고 들어와 네 마음속에 자리를 잡는다.

고독은 무엇인가 존재하다 사라진 자리이다. 아궁이의 온기가 사라진 자리, 그릇에 가득 담겼던 음식이 사라진 자리, 물방울처럼 망울망울 터지던 아이들의 웃음소리가 사라진 자리, 감자의 뿌리가 시들고 마른 자리마다 고독이 고여 있다.

고독은 또한 사라진 것을 그리워하며 아직도 남아 있는 무언가이다. 아직도 쏟아지는 햇살, 아직도 빛나는 은빛 나뭇잎들, 아직도 잊지 못한 누군가의 얼굴 위로 고독이 어른거린다. 생의 갈피에 한번 꽂힌 기억은 계절과 함께 번번이 돌아온다. 온기는 식고 기억의 빛은 바래도 고독은 찬란하다. 쓸쓸하고 아름답다.

재
회

강의 이쪽과 저쪽을 잇기 위해 놓은 다리지만, 너는 그 다리를
건널 수 없다. 그러나 인연이 닿지 않고 소용이 닿지 않아도
마음은 자꾸 강의 저쪽으로 기울었다.

그리고 한 해의 끝이 또 시작되었다. 이별을 헤아리는 의식을 행할 시간이 돌아온 것이다. 너는 세 평 남짓한, 빛이 들지 않아 대낮에도 우물 안처럼 어둑어둑한 너의 공간을 찬찬히 둘러보았다. 작년에도 재작년에도 너는 그 자리에 있었다. 벽면 한쪽을 차지하고 있는 붙박이장, MDF 박스를 쌓아 올려 만든 책상, 싱글침대가 전부인 간소한 살림이었다. 회사, 집, 몇 안 되는 친구가 전부인 간소한 인생과 그럭저럭 어울린다고 밀힐 수도 있었을 것이다. 아침 7시 반에 일어나 9시부터 저녁 6시까지 일을 하고, 퇴근 후에는 친구를 만나거나 집으로 돌아오거나 친구와 함께 집으로 돌아와 저녁을 먹는, 어제와 비슷한 오늘, 오늘과 비슷한 내일이 쌓여 한 해가 지나갔다. 그 시절 네가 누린 소박한 기쁨 중 하나는 작은 원룸에 매달린 작은 발코니였다. 손바닥만 한 테이블과 의자 두 개를 내놓고 너는 틈만 나면 거기서 시간을 보냈다. 어린 벚나무 한 그루가 창밖에 서 있어 외롭지 않았다.

밤낮의 변화, 날씨의 변화, 계절의 변화를 너는 나무와 함께 겪었다. 꽃이 피는가 싶더니 흩어지고 푸른 잎이 무성한가 싶더니 낙엽이 떨어지고 어느새 빈 가지인가 싶더니 흰 눈이 소복하게 내려앉은 나무는 작년과 같은 모습이지만, 그사이 한 뼘쯤 자라나 나이테 하나를 더 만들었을 것이다. 기쁨이 고이는가 싶더니 슬픔이 차오르고 심장의 박동이 소란한가 싶더니 불현듯 막연해지고 세상을 다 가진 듯 벅차오르나 싶더니 어느새 빈손인 너 역시 한 살을 더 먹고 이별의 리스트에 이름 몇 개를 더하는 중이었다.

전화기와 메일함에 남은 기록들을 살펴보며 너는 더 이상 네게 소용 닿지 않는, 인연은 물론이고 마음 한쪽도 닿지 않는 이들의 흔적을 지워나갔다. 그러다 몇 장의 사진을 발견했다.

그날, 그러니까 6월의 마지막 날은 새벽 6시, 중국 통화시의 어느 호텔에서 시작되었다. 일행은 모두 서른 명 남짓으로, 8시에 집합하여 버스 두 대에 나눠 타고 백두산 서파산문을 향해 세 시간을 달려갔다. 게이트를 통과하고 버스를 갈아타고 천지로 향하는 1,224개의 계단 앞에 도착했을 때 누군가 차고 있던 손목시계가 '삑' 하고 정오를 알렸다.

삼삼오오 흩어진 사람들은 입구에 즐비한 가판대에서 고구마와 옥수수, 생수를 사 들고 천지로 향했다. 거기까지 오는 버스 안에서 가이드는 '삼대가 덕을 쌓아야 볼 수 있다', '3년째 왔지만 비바람과 안개 앞에서 번번이 돌아가야 했던 불우한 여행객도 있었다', '하루에도 수백 번 변덕을 부리는 게 이곳 날씨다' 등의 말로 잔뜩 겁을 주어 '천지를 보지 못해도 어쩔 수 없다, 하늘에 운을 맡길 수밖에'라는 각오를 다지게 했으므로, 너는 애초에 기대로 마음을 부풀리지 않았다. 계단을 팔백 개쯤 올랐을 때 정상 쪽에서 우르르쾅쾅 번개가 치고 돌풍이 불어왔다. 반 이상 올랐으니 걸음을 돌리기는 아깝다. 남에서 북으로 곧장 오지 못하고 중국을 우회하여 백두산까지 왔는데, 천지는 보지 못해도 정상은 오르고 싶다. 눈으로 볼 수 없는 것이지 천지는 그 자리에 있을 테니 조금이라도 가까이 가서 기운이라도 느껴보고 싶다. 너는 그런 생각으로 남은 계단을 다 올랐다.

'천지에 소원을 빌면 들어준다, 소원이 이루어지면 다시 와야 한다.' 가이드는 그런 말도 했다. 마지막 계단을 올랐을 때, 먹구름을 헤치고 반짝 해가 빛나 천지의 모습이 드러났다. 우습게도 그리고 다소 건방지게도 너는 한반도와 세계의 평화를 빌었다. 그 소원이 이루어진다면 너는 천지에 다시 올 것이고 그 여정은 훨씬 짧아질 것이다. '다시 만나자.' 네가 천지에 다짐을 놓고 등을 돌렸을 때 기다렸다는 듯이 비가 쏟아지기 시작했다.

다음 날 오후, 너는 압록강 하구에서 상류로 45킬로미터 지점에 위치한 철로 앞에 서 있었다. 중국 단동시와 평안북도 신의주시를 연결할 목적으로 1911년에 준공되었으나 육이오 전쟁 때 폭격을 받아 동강이 난 다리였다. 끊어진 다리에서 상류로 70미터 지점에는 1943년에 건설한 신철교가 있는데, '조중친선우의선'이라는 이름으로 불린다고 했다.

강의 이쪽과 저쪽을 잇기 위해 놓은 다리지만, 너는 그 다리를 건널 수 없다. 한반도가 동강이 난 후로 남쪽에서 태어난 사람은 강의 이쪽에서 저쪽을 바라볼 수만 있을 뿐이다. 너의 조상은 북쪽과 인연이 닿은 적 없으니 건너지 못하는 다리 앞에서 네가 안달할 이유는 없었다. 그러나 인연이 닿지 않고 소용이 닿지 않아도 마음은 자꾸 강의 저쪽으로 기울었다. 태어나 한 번도 마주한 적 없고 어쩌면 죽을 때까지 만날 수 없을, 같은 말을 쓰고 같은 글을 쓰는 사람들이 그곳에 엄연히 존재하고 있다. 그들의 존재와 상관없이 너의 삶은 여기까지 흘러왔고 앞으로도 흘러갈 것이라는 우울한 사실이 너를 몹시 상심하게 만들었다.

흔적을 지울 이별의 리스트를 훑어가던 너의 마음이 그 사진들 앞에서 멈췄다.

재(再)는 수면에 입을 대고 있는 물고기를 그린 글자이다. 물속의 산소가 부족하면 물고기는 물 위로 입을 내밀어 숨을 쉰다고 한다. 수면 위와 아래를 왔다 갔다 하는 물고기를 보고 '다시', '거듭'이라는 말을 떠올렸을 것이다.

회(會)는 뚜껑과 받침 사이에 있는 음식, 즉 음식을 보관하는 찬합을 그린 것이다. 사물이 결합한다는 뜻에서 '모이다', '모으다'는 의미가 되었고, 후에 사람과 사람의 만남, 시기 등으로 파생되었다.

1,224개의 계단을 올라 정상에 도달해도 볼 수 없는 것이 있고, 압록강을 가로질러 944미터의 다리를 놓아도 갈 수 없는 곳이 있다. 전자가 하늘의 뜻에 달려 있다면 후자는 사람의 뜻에 달려 있을지도 모른다. 너는 다시는 만나지 않을 사람의 이름 대신 다시 만나고 싶은, 만나야 할 사람의 이름을 꼽아보

왔다. 겨울바람이 불어와 나뭇가지에 쌓인 눈을 조용조용 날려 보내고 있었다. 네가 살아 있다면, 너는 또 한 번의 봄과 재회할 것이다. 인연과 마음이 살아 있다면, 언젠가 남쪽과 북쪽은 재회할 것이다. 너는 눈을 감고 천지의 모습을 떠올리며 그해 여름의 소원을 다시 한 번 빌었다. 지금은 속절없을지 몰라도 언젠가는 이루어질, 거듭 되풀이되고 차곡차곡 모아져야 할, 지난하고 지극한 소원이었다.

2
·
사물의 노력

컴
퓨
터

⌣

내가 만일 가수라면 디너쇼를 열었을 테고 화가라면
전시회를 열었을 텐데, 이도 저도 할 수 없으니 20주년 기념으로
나한테 선물을 하나 준다면 참으로 아름답지 않겠나.

내가 소유한 첫 번째 컴퓨터는 초록색 매킨토시였다. '직장에 다니는 동안엔 내 것'인 컴퓨터가 회사에 있었기 때문에 딱히 필요하지도 않았고 갖고 싶다는 생각도 없었지만 그저 굴러 들어온 최신형 컴퓨터를 마다할 필요는 없었다.

아이맥G3라고 불리던 매킨토시는 본체와 모니터를 일체화한 오동통한 모습으로 반쯤 투명한 형광 초록빛이 바디를 감싸고 있었다. 애플에 복귀한 스티브 잡스의 회심 어린 한 방이라는 소리는 나중에 들었다. 스티브 잡스는 물론 '애플'이란 이름조차 (적어도 내겐) 생소할 때였다. 생각보다 크고 보기보다 묵직하여 MDF 박스를 쌓아 만든 옹색한 책상 위에 끙끙대며 올려놓았던 기억이 난다. 그러고도 운영체제에 영 익숙해지지 않아 원고 한 줄 못 쓰고 가끔 PC통신만 했다.

당대 최고의 핫 아이템은 어쩌다 나 같은 사람을 만나 애물단지가 되었을까. 그때 가까이 지내던 친구가 당시 승승장구하던(지금도 승승장구 중인 걸로 알고 있다) 통신사의 사보를 만들고 있었는데, 몇 주년 기념인지 뭔지 하며 독자에게 주겠다고 내놓은 통 큰 선물이 아이맥G3였다. 사보에 글을 써주고 원고료 대신 받은 것 같기도 하고 우정이 북받쳐 오른 친구가 슬쩍 빼돌려 우리 집에 숨긴 것 같기도 하다. 후자라면 불법행위일지도 모르겠으나 친구는 이민 간 지 오래고 문제의 물건도 아득한 과거에 나를 떠났으니 증거는 찾을 수 없을 것이다.

그로부터 3, 4년쯤 지난 후 이사를 하면서 '장물'이었을지도 모를 매킨토시는 버려졌고 그 대신이라고 할까, 손바닥으로 가려질 정도의 작고 가벼운 소니 노트북을 구입했다. 퇴근후면 여섯 평 남짓한 원룸으로 돌아가 책상 위에 노트북을 올려놓고 글을 썼고 그 글들이 모여 첫 번째 책이 되었으니, 건방지게 또 거창하게 말하면 작가로서의 조촐한 역사가 그 노트북에서 시작된 셈이다. 생전 처음 갖게 된 노트북이 신기해서 갖고 놀고 싶었는데 그때만 해도 인터넷의 세계는 드넓은 바다가 아니라 졸졸 흐르는 시냇물 정도도 못 되어서 별로 할 게 없었다. 이것저것 알아보고 재보고 뒤져보며 탐구할 능력도 없고 게임에도 흥미가 없던 터라 아래한글 프로그램이 만만했다. 하얀 화면에 까만 글자를 한 자 한 자 채우는 게, 내가 만든 인물들을 움직이게 하는 게, 그래서 세상에 존재하지 않았던 이야기를 만들어내는 게 재미있었다.

'뭐라도 좋으니 책을 한 권 내보자'는 출판사의 제안을 받은 지 한 달도 채 되지 않았을 때 나는 주섬주섬 써놓은 글들을 정리해서 넘겼다. '나 혼자 재미있자고 쓴 글들로 책을 내도 되는 건가' 하는 마음이 든 건 원고를 넘긴 직후였다. 생각의 씨앗은 제멋대로 싹을 틔워 '내가 제대로 된 문장을 쓸 줄이나 아는 것인가', '내가 사용하는 단어의 뜻을 알고나 있는 것인가', '글이란 뭔가, 이야기란 뭔가, 인생이란 대체 뭐란 말인가' 등등의 줄기로 뻗어나갔다. 질문이 산더미처럼 쌓이자 나중에는 제풀에 지쳐버려서 '될 대로 되라지, 아님 말고' 따위의 주문을 외우는 사이에 책이 나와버렸다.

결국 그때부터 나는 계획에 없던 작가의 삶을 살게 되었고 소니 노트북으로 열한 권의 책을 작업했다. 열두 권째 책을 작업할 때 노트북도 열두 살쯤 되었는데 컴퓨터에도 수명이 있다는 걸 난 몰랐다. 아니 생각을 해보았다면 알았을 텐데 그런 생각을 해야 한다는 생각 자체를 못했다. 힘들어 죽겠다고 끙끙거리거나 깜빡거리기라도 했다면 슬슬 불안해져서 궁리를 했을 텐데, 애틋하게도 나의 노트북은 그저 꾹 참기만 했다. 노트북의 상태도 모른 채 신나게 키보드를 두드려대다가 갑자기 픽 하고 전원이 나갔고 두 번 다시 켜지지 않았다. 얼떨떨한 채로 급한 대로 천가방에 노트북을 대충 쑤셔 넣고 서비스센터를 찾아갔지만 내게 돌아온 건 사망선고와 되살릴 수 없다는 냉정한 답이었다.

그런데 우리나라가 어떤 나라인가. 하늘이 무너져도 솟아날 구멍을 만드는 나라다. 어찌저찌 수소문 끝에 사망한 노트북을 들고 찾아간 곳에서 데이터를 복원해 줄 수 있다며 인자한 미소를 짓는 전문가를 만났다. 물론 그 대가는 가혹한 지출이었으나 몇 달 후 출간할 책의 절반이 그 안에 들어 있으니 선택의 여지는 없었다.

12년을 함께한 노트북 대신 데이터가 담긴 몇 장의 콤팩트디스크를 들고 돌아오는 길이 너무 쓸쓸하여 소니 매장에 들렀는데 노트북보다 크고 튼튼해 보이는 일체형 컴퓨터가 눈에 들어왔다. 디자인이 깜짝 놀랄 만큼 예뻤는데 매장에 진열

된 상품이라 할인까지 해준단다. 운명적으로 그게 나의 세 번째 컴퓨터가 되었고 십여 권의 책을 작업한 후 숨을 거두었다. 역시 하루아침에 벌어진 청천벽력 같은 일이어서 경황없는 와중에 아는 사람의 아는 사람의 아는 사람이 조립식 컴퓨터를 들고 찾아와 데이터를 옮겨주었다. 왜 너는 실수로부터 교훈을 얻지 못하느냐, 같은 비극을 두 번이나 겪을 셈이냐, 세상에는 외장하드라는 게 있고 백업 시스템이라는 것도 있다 등등 친구들이 잔소리를 해댔지만 '내 인생에 백업은 없다'며 뻔뻔하게 저항한 결과여서 탓할 사람도 없었다.

아름다운 일체형 컴퓨터가 있던 자리에 평범하기 그지없는, 이름도 없고 멋도 없는 컴퓨터가 들어앉고 나니 글을 쓰는 것도 일을 하는 것도 재미가 없어졌다. 세상 밖으로 나가보아도 친구네 집에 놀러 가보아도 내 눈에 들어오는 건 어여쁜 컴퓨터들, 그중에서도 아이맥이었다.

하지만 손을 뻗어 아이맥을 잡기까지 넘어야 할 장애물이 너무 많았다. 우선 들여놓은 지 얼마 안 되는 컴퓨터를 냉큼 돌려보내야 했다. 맥은 일반 컴퓨터에 비하면 가격도 깜짝 놀랄 만큼 높았다. 가장 큰 문제는 역시 운영체제였다. 이십몇 년 동안 마이크로소프트사의 노예로 살아온 데다 맥에서는 아래한글 프로그램도 사용할 수 없다. 각종 쇼핑 사이트 결제

도 불가능하고 인터넷뱅킹도 안 될 때였다. 이런 불평을 주위 섬겼더니 일찌감치 맥을 사용하고 있던 북디자이너 친구가 맥에서 윈도우즈를 실행할 수 있는 패러럴즈 데스크톱이란 걸 깔면 된다며 고민의 싹 하나를 냉큼 잘라주고는 내친 김에 내게 꼭 맞는 사양으로 주문을 넣어주겠다고 나섰다. 남은 문 제는 돈이었다. 월급 받는 직장 생활을 그만둔 지 오래인, 언 제 돈이 들어올지도 모르고 나갈지도 모르는, 출간한 책은 많 고 그럭저럭 팔리기도 했으나 결코 잘나간다고는 할 수 없는 작가에게는 거금이다.

천칭의 이쪽 접시에는 꿈을, 저쪽 접시에는 현실을 올려놓 고 저울질을 해보는데 아침에 눈을 뜰 때의 기울기와 밤에 눈 을 감을 때의 기울기가 달랐다. 사야 할 이유와 사지 말아야 할 이유가 치고 박고 싸우는 데도 지쳐갈 무렵, 의외의 인물이 돌파구를 제시했다. 오래된 독자 한 분이 '첫 책을 낸 지 꼭 20 년이 되었군요' 하고 내게 알려준 것이다. 그러자 기다렸다는 듯 내 머릿속에서 합리화의 폭죽이 터지기 시작했다. 작가 생 활 20년, 용빼는 재주가 따로 있지 않은 이상 죽을 때까지 해 야 할 일, 내가 만일 가수라면 디너쇼를 열었을 테고 화가라면 전시회를 열었을 텐데, 이도 저도 할 수 없으니 20주년 기념 으로 나한테 선물을 하나 준다면 참으로 아름답지 않겠나 등등의 장광설은 결국 '사버리자'로 요약되었다.

아이맥을 붙잡고 골머리를 싸매던 며칠 혹은 몇 주간의 이야기는 생략하겠다. 다만 다른 때와는 달리 그 적응의 과정이 귀찮거나 싫지 않았다. 익숙해질수록 편안해지고 편안해질수록 행복해지고 컴퓨터 앞에 앉아 있는 시간이 즐거우니 능률도 올라갔다. 그사이 세상도 바뀌어 복장 터지게 느린 패러럴즈 데스크톱을 쓰지 않아도 모든 게 가능해졌다.

'무슨 작가가 책상 하나 없냐'며 엄마가 사준 번듯한 책상 위에 반짝반짝 빛나는 아이맥을 올려놓고 스티브 잡스의 두툼한 전기를 읽었다. 생면부지의 한 인간이 내게 막대한 영향을 미쳤구나, 놀라고 어이없어하다 주위를 둘러보니 나를 둘러싼 세계가 죄다 그 지경이다. 에디슨, 다빈치, 바흐, 파인만, 셰익스피어 등등을 주워섬기는데 택배가 도착했다는 메시지가 온다. 상자 안에 든 저 물건을 만든 사람부터 지금 막 문 앞에 상자를 내려놓고 문자를 보낸 사람, 문자를 전송하는 시스템을 만든 사람까지, 나와 세계를 맺고 끌고 이루는 사람들의 무게가 아득하고 경이롭다.

자
동
차

⌣

초보 시절에는 죄 없는 담벼락이나 가로등을 툭툭 들이받기도 했지만
나는 대범하게도 손바닥으로 한 번 쓱 훑어주고는 그냥 타고 다녔다.
차는 신발 같은 거라 남의 발을 밟지만 않으면 된다는 게 나의 지론이었다.

직장 생활에 그럭저럭 이력이 났을 무렵, 슬슬 나도 면허를 따야 하지 않을까 하는, 조금 기특하고 다소 번거로운 생각이 들었다. 당시 나는 연남동에 살고 있었고 회사는 삼성동에 있었다. 집에서 전철까지 마을버스를 타고, 전철을 타고, 전철에서 내려 다시 마을버스를 타고 다녔다. 한 시간이 꼬박 걸리는 여정이었지만 딱히 불만은 없었다. 전철에서 보내는 왕복 80분 동안 책을 읽을 수 있었고 열심히 걸어 다니느라 운동도 되었다. '차가 있으면 좋겠다'는 생각을 할 법도 하나 해본 적

이 없었다.

마음이 동한 까닭은 '면허는 한 살이라도 젊을 때 따놓는 게 좋지'라며 누군가 무심코 뱉은 혼잣말 비슷한 충고 때문이었다. 지금 생각하면 어린 나이지만 서른을 넘긴 그때의 나는 완연한 어른이라 믿었고, 어른이라면 운전 정도는 척척 해야 하지 않을까 싶기도 했다.

면허 학원은 비용이 부담스러워서 회사 가까운 곳에 있는 실내 운전연습장에 등록했다. 오락실 같은 분위기의 연습장에 앉아 오락 비슷한 걸 하는 걸로 시험을 볼 수 있을까 하는 의심이 무럭무럭 솟아났지만 다른 방도도 없었다. 그 후에 닥친 지난한 과정 중 가장 후회되는 건 필기시험(지금의 학과시험)에 임한 나의 태도 내지는 자세이다. 대충대충 설렁설렁 해도 철썩 붙는다는 소문은 들었으나 막상 문제집을 펼치자 고등학교 때 공부하던 버릇이 돋아나 쓸데없이 열을 올려버렸다. 그 결과, 나와 함께 시험을 치른 삼사십 명의 수험생 가운데 일등을 해버렸다. 지금은 혼자 컴퓨터 앞에 앉아 '학과시험'을 보는 듯한데, 그때만 해도 교실에 모여 시험지를 받아 들고 문제를 푸는 시스템이었다. 끝나자마자 채점이 이루어지고 결과를 알려주는데 당황스럽게도 일등을 차지한 사람의 이름을 부르고 자리에서 일으켜 세워 나머지 사람들(불합격자 포함)의 박수를 받게 만든다. 나는 엉거주춤 일어난 자세 그대로 잽싸게 짐을 챙겨 부리나케 뛰쳐나오느라 후회로 땅을 칠 겨를도 없었다.

이어진 실기시험(지금의 기능시험)에서는 반쯤 예상한 대로 보기 좋게 떨어졌다. 운전연습장에서 운전을 배운다는 건 연애를 책으로 배우는 격이다. 진짜 자동차로 진짜 도로를 달리며 진짜 우회전과 진짜 좌회전, 진짜 주차를 하는 게 한 번에 될 리가 없다. 도로주행시험은 어물어물 한 번에 합격을 했는데, 태어나 세 번 운전대를 잡아본(실기시험 두 번, 도로주행시험 한 번) 사람한테 면허증을 준다는 건 말이 안 된다고 지금도 생각한다. 더 말이 안 되는 건 그 직후에 차를 덜컥 샀다는 것이다.

내가 운전면허증을 땄다는 소문이 스멀스멀 퍼졌는지 자동차 대리점에 다니는 사촌오빠가 연락을 해왔다. 오빠가 화려한 언변으로 나를 구워삶은 건 전혀 아니다. 이런저런 잡담을 나누다 보니 궁금한 것들이 생겼고, 그걸 물어보다 보니 '언젠가는 차를 사게 되겠지—나는 차에 대해 아무것도 모르니 혼자 덜렁덜렁 사러 갔다가 모르는 사람한테 왕창 바가지를 쓸 가능성이 매우 높을 거야—그렇다면 사촌오빠가 알려주는 대로 하는 게 안전하지 않을까—사버릴까—그렇다면 어떤

색깔이 좋을까'에 이르렀다. '너는 초보니까 하얀색이 좋아. 어두운 색은 밤에 잘 안 보여서 위험해'라는 사촌오빠의 단호하고 다정하고 왠지 전문가다운 충고가 결정적이었다.

그렇게 해서 기아에서 갓 출시한 하얀색 스펙트라가 회사로 배달되었으나 나는 운전을 할 수 없었다. 시동을 걸고 액셀러레이터를 밟는 정도의 실력으로 나섰다가는 도로 위의 민폐 내지는 폭탄이 될 게 뻔했다. 운전은 아는 사람에게 배우는 게 아니라는 소리는 어디서 듣고 수소문 끝에 사람을 구해 사흘 동안 운전연수를 받았다. 두고두고 생각해도 매우매우 잘한 일이었다. 그때 확실하게 배워둔 덕분에 지금도 주차는 웬만한 사람보다 잘할 수 있다고 자부한다.

뚜벅이에서 오너드라이버로 변신하고 나니 다양한 불편함이 우후죽순으로 생겨났다. 아침저녁으로 꽉 막힌 길에서 시간을 보내야 하는데 책도 읽지 못한다. 어디를 가도 주차할 장소를 찾아야 하고 주차비도 내야 한다. 주유비도 만만치 않다. 이사를 할 때도 주차공간이 있는 집을 찾아야 하는데 이게 또 꽤 까다롭다. 다행히 회사에서 멀지 않은 곳에 적당한 집을 얻어 이사를 한 후 슬슬 그런 생활에 익숙해졌다. 초보 시절에는 죄 없는 담벼락이나 가로등을 툭툭 들이받기도 했지만 나는 대범하게도 손바닥으로 한 번 쓱 훑어주고는 그냥 타고 다녔다. 차는 신발 같은 거라 남의 발을 밟지만 않으면 된다는 게 나의 지론이었다(신발을 끔찍하게 아끼는 사람들도 엄청나게 많다는 사실은 나중에 알았다). 음주운전은 꿈도 꾸지 않았고(그래서 내 차는 대부분의 시간을 주차장에서 보냈다) 누가 대신 운전해 주겠다고 하면 대놓고 좋아하며 냉큼 운전대를 맡겼다. 그리하여 20년 동안 신호위반 딱지 두 번, 접촉사고 한 번이라는 부끄럽지 않은 기록을 남겼다.

단 한 번의 접촉사고는 아산병원 주차장에서 일어났다. 당시 엄마는 중환자실에서 치료를 받고 있었다. 회사에서 일을 하다가 하루 두 번, 면회시간에 맞춰 병원을 찾는 나도 제정신일 리가 없다. 급한 마음으로 주차공간을 찾던 중 바닥에 그려진 화살표를 보지 못하고 역주행을 하다, 맞은편에서 오던 차의 옆구리를 쿡 박았다. 나는 문을 박차고 나가 상대가 무슨 반응을 할 틈도 없이 속사포로 말을 쏟아내는 동시에 보험회사에 전화를 걸었다.

"엄마가 중환자실에 계세요. 면회시간이 짧아요. 지금 뛰어가야 해요. 정말 죄송해요. 바로 보험처리 해드릴게요. 용서해주세요."

머리가 희끗한 중년의 신사가 울먹이는 나를 애처롭게 바라보며 고개를 끄덕여주어서 나는 연신 꾸벅거리며 주차를 하고 병실로 달려갔다. 경황 중에 일어난 일이었으나 이제 운전 좀 한다고 방심하고 있던 차이기도 해서, 그날 이후 정신을 바싹 차리게 되었으니 적절한 시기에 적절한 교훈을 얻은 셈이다. '난 지금도 운전이 조금 무서워' 하고 언젠가 말했더니, '그래서 사고가 안 나는 거야, 좋은 일이지' 하고 누군가 말해주었다. 웬만하면 대중교통을 이용하다 보니 나에게 차가 있다는 사실을 까맣게 모르는 사람도 많다.

그래도 20년 동안 스펙트라는 어지간한 도시와 시골 마을, 산길과 바닷길을 달렸다. 관리는커녕 세차도 잘 안 해주는 주인을 만났어도 버틸 수 있을 때까지 버텼다. 낡은 엔진이 멎었을 때도 마침맞게 자동차검사소에서 검사를 받고 있던 중이어서 바로 옆 정비소에서 수리를 할 수 있었다. 스무 해가 넘어가자 한겨울에 시동이 걸리지 않았다. 몇 번 서비스센터를 불러 해결하며 슬슬 보내줄 때가 되었나 싶었을 때, 선배가 차를 새로 뽑았다며 자랑할 겸 나를 태우고 드라이브를 갔다. 앙증맞고 아기자기한 경차였다.

'경차가 얼마나 좋은지 알아?' 하고 운을 뗀 선배는 경차에 주어지는 혜택에서 시작하여 경제성과 편리성 등의 장점을 열거하더니 한 인간이 지구에 미치는 영향과 인류에 기여할 책임과 당위성, 나아가 인류애를 전제로 한 우주의 관점과 환경문제를 설파했다. 나는 내내 흘려들었다고 생각했지만 그로부터 한 달 후 마을버스를 타고 팔랑팔랑 경차 대리점을 찾아갔으니 선배의 설교는 헛되지 않았던 것이다. 구경이나 하자는 심정으로 들어갔다가 계약서를 받아 들고 나온 걸 보면 더더욱 그렇다. 이때는 '무슨 색으로 할까'에 대한 고민을 하지 않았는데 '나는 세차를 잘 안 하는 사람이니 때가 타도 티가 나지 않는 미세먼지 색깔이 딱 좋겠다'는, 경험에서 우러난 확신이 있었기 때문이다.

한 달쯤 후에 차를 가져오겠다는 영업직원의 말을 곧이곧대로 믿고 스펙트라 내부 정리를 차일피일 미루고 있는데, 2주 후에 전화가 왔다. 30분 안에 도착한다, 스펙트라는 서비스센터를 불러 시동을 걸어두면 가져가서 폐차하겠다는 것이다. 20년 동안 타고 다닌, 실내세차 한 번 한 적 없는 스펙트라와 이별하는 데 주어진 시간이 30분이라니, 나는 아연실색하고 있을 틈도 없이 주차장으로 달려가 눈썹을 휘날리며 닥치는 대로 차를 헤집기 시작했다. 언제 왜 누가 어떻게 쑤셔 넣어둔 건지 알 수도 없는 물건들이 산더미처럼 나와서 20리터짜리 쓰레기봉투 몇 개를 채웠다.

30분 후, 미세먼지 색깔을 뿜내며 새 차가 도착하고 스펙트라는 털털털 소리를 내며 끌려갔다. 그때의 내 심정은 말줄임표 열두 개로 대신하고 싶다. 20년 동안 타던 차를 폐차해 본 경험이 있다면 말줄임표 안에 자신의 심정을 채워보기 바란다.

나는 나쁜 주인이었지만 스펙트라는 좋은 차였다. 비록 출시한 지 4년 후에 단종되었지만 내 곁에서 꿋꿋이 참고 견디며 제 역할을 톡톡히 하고 떠났다. 내가 어린아이였다면 '차들에게도 천국이 있나요?' 하고 묻고 싶어졌겠지만 뭐 그 정도는 아니고… 그래도 간결한 한마디 정도는 남겨야겠지. RIP, 스펙트라.

오
디
오

'와아 멋지다'는 절대 아니었다. 왠지 쓸쓸하고 슬프고 고독했다.
만약 우주 한가운데 홀로 떠 있다면 이런 느낌일까.

상당히 부정확하고 대단히 어렴풋한 기억을 더듬어보면,
어린 시절 우리 집에는 늘 오디오(그때는 '전축'이라 불렸다)
가 있었다. 카라얀이 지휘하는 베를린 필하모닉 오케스트라
의 베토벤을 틀어놓고 심취한 아빠의 모습도 기억난다. 텔레
비전은 없어도 오디오는 있었고 셋집을 전전하면서도 무거
운 스피커를 챙겨 다녔다. 대학에 입학하여 2년간의 기숙사
생활을 끝내고 처음으로 자취 생활을 시작했을 때, 밥솥은 없
어도 오디오는 있어야 한다는 수상한 생각을 하게 된 건 아마

그 때문일 것이다.

당시에는 '미니 컴포넌트'라고 불리던, '실내에서 음악 감상 목적으로 사용되는 중저가형 오디오'가 유행이었다. 일체형 본체에 스피커가 양쪽으로 달려 있고 턴테이블을 연결하여 사용할 수 있었다(이유는 모르겠지만 그때의 턴테이블은 차마 버릴 수가 없었고, 지금까지 붙박이장 안에 처박혀 있다). 이부자리를 펴면 발 디딜 곳도 없는 좁은 방에 컴포넌트를 모셔두고 빠듯한 살림을 절약하여 레코드 한 장을 사 들고 돌아오는 밤엔 저녁밥도 필요하지 않았다(그런 게 '젊음'인가 하는 생각이 문득 든다). 몇 달 동안 아끼고 아껴 파블로 카살스가 연주하는 바흐의 무반주 첼로 모음곡 전집을 손에 넣었을 때는 가게에서 집까지 뛰어갔다. 까만 케이스 안에 근사하게 담겨 있는 세 장의 레코드도 아직 갖고 있다.

음악이 없으면 살 수 없을 것 같은 날들이었지만 더 나은 오디오나 스피커를 갖고 싶다는 마음은 없었다. 좋은 소리, 좋은 기계가 아니라 음악이 절박했다. '비틀스'에서 '레드 제플린'까지, '바흐'에서 '쇼스타코비치'까지, '김민기'에서 '시인과 촌장'까지, '농민가'에서 '그날이 오면'까지. 그날의 날씨와 그날의 마음을 가늠하여 레코드를 고르고, 보드라운 천으로 정성껏 닦아 턴테이블에 올리고, 경건한 자세로 조심스럽게 바

늘을 올려놓았다. 첫 음이 시작되기 전의 침묵과 마지막 음이 끝난 후의 여운까지 온몸으로 빨아들였다.

그 컴포넌트가 언제 어떤 방식으로 사라졌는지는 기억나지 않는다. 당시 내가 소유한 물건들 가운데 가장 비싸고 가장 많이 이용한 것이었으니 묘하다면 묘한 일이다. 수명이 다한 탓에 고장이 나서 버려졌을 가능성이 크다. 또 하나 묘한 건, 그이후로 내가 무엇으로 음악을 들었는지 알 수 없다는 것이다. 레코드 대신 콤팩트디스크를 하나둘 사던 시기일 텐데, 자그마한 CD플레이어가 하나 있었다는 건 기억난다. 회사에 취직하여 낮에는 바쁘게 일하고 밤에는 바쁘게 노느라 집에서 느긋하게 음악 들을 시간이 없었을지도 모른다. 문득문득 갈증이 일면 스피커가 찢어질 정도로 볼륨을 높이는 록카페, 신청곡을 틀어주는 LP바를 찾아가 노래하고 춤추며 음악에 온몸을 담았다.

그러던 어느 날 회사 후배가 왠지 신이 난 얼굴을 하고 슬금슬금 다가오더니 '멀지 않은 곳에 보스(BOSE)매장이 새로 생겼는데 구경하러 가지 않겠냐'고 물었다. 이미 어엿한 오너 드라이버로 살고 있는 나를 운전기사로 삼겠다는 속셈을 즉시 간파했지만 마침 치열한 마감도 끝난 터, 심심풀이 삼아 나서보았다. 가는 길 내내 후배는 '홈 시어터'에 대한 장광설을 풀어놓았다. 플라스마 디스플레이 패널 또는 프로젝터 시스템, 서라운드 사운드 시스템, 플레이어 및 앰프 기기로 '가정 내 영화관'이라는 엄청난 것을 구현한단다. 그 모든 걸 몽땅 그저 줘도 설치할 곳이 없으면 말짱 꽝이 아니냐고, 나는 나의 소박하고 아담한 원룸을 떠올리며 대답했다.

홈 시어터는 그렇게 다른 세계에나 존재할 수 있는 것이지만 그래도 구경은 할 수 있었다. 휘황찬란한 보스 매장에 들어서자 집사를 연상케 하는 말쑥한 직원이 다가오더니, 척 보아도 부실할 게 뻔한 손님인 우리 둘에게 정중하게 인사를 하고 안내를 자처했다. 직원을 따라 홈 시어터가 설치된 방으로 들어서자 전면에는 대형 스크린이, 중앙에는 안락의자가, 이 구석 저 구석에는 말로만 듣던(오던 차 안에서 들었지만) 두 개의 프런트 스피커, 한 개의 센터 스피커, 두 개의 리어 스피커, 한 개의 서브우퍼로 구성된 서라운드 사운드 시스템이 자리를 잡고 있었다.

집사 아니 직원은 우리 둘을 찬찬히 보더니 DVD 한 장을 꺼내어 집어넣고 배우처럼 우아한 몸짓과 목소리로 '이글스의 호텔 캘리포니아입니다' 하고 말했다. 그의 입매에 회심의 미소가 쓱 떠올랐다가 쓱 지워졌다. 플레이 버튼을 누른 후 그는 소리도 내지 않고 스르르 방을 빠져나갔고 곧 영상과 함께 음악이 시작되었다.

「호텔 캘리포니아」는 지긋지긋하게 들었지만 멤버 다섯 명
이 조르르 앉아 기타를 치며 부르는 라이브공연을 영상으로
보는 건 처음이었다. 그것만으로도 아연해졌는데 앞에서 옆
에서 위에서 심지어 아래에서 소리가 솟아나더니 흐르고 부
딪치고 만나고 헤어지고 흔들리고 가라앉았다가 솟구쳐 올랐
다. 후배와 나는 음악이 끝날 때까지 입을 딱 벌린 채 앉아 있
었다. 그런데 그 순간의 내 심정이 다소 복잡했다. '와아 멋지
다'는 절대 아니었다. 왠지 쓸쓸하고 슬프고 고독했다. 만약
우주 한가운데 홀로 떠 있다면 이런 느낌일까, 싶었다. 왜 그
런 심사가 되었는지는 지금도 설명할 수가 없다. 기억에 길이
남을 순간이기는 하나, 같은 경험을 다시 하고 싶지는 않았다.
'내 인생에 홈 시어터는 없다'고 그때 결심했다.

충격과 혼란 속에 그 방을 나왔을 때, 매장 한쪽 매대에 수
줍게 앉아 있는 오디오를 발견했다. A4 한 장보다 조금 길쭉
한 사이즈로, 기능은 CD 플레이어와 라디오가 전부였다. 기
계에 달려 있는 버튼은 죄다 무서워하는 나조차도 한눈에 파
악할 수 있는 구조였다. 내가 관심을 보이자 직원이 어느새 곁
으로 스르르 다가왔고 어, 어 하는 사이에 나는 카드를 내밀고
있었다. 알고 보니 날렵한 스피커 두 개와 묵직한 베이스 스피

커 하나가 딸려 있었는데, 베이스 스피커가 제법 무겁긴 해도 짐꾼(후배)을 데려왔으니 가져갈 수 있을 것 같았다. 하지만 직원은 진지한 얼굴로 고개를 저었다. 본사의 기사가 직접 들고 가서 설치해 주는 게 원칙이란다. 공간을 둘러보고 스피커의 위치를 신중하게 선택해야 한단다.

다음 날, 오디오를 들고 기사가 방문했다. 문을 열어주니 당황한 표정을 숨기지 못한다. 여섯 평 원룸에 침대와 식탁 등이 가득 차 있다. 스피커의 위치를 '신중하게' 정할 수 있는 공간이 아니다. 결국 오디오는 틈새를 이리저리 비집고 옹색하게 자리를 잡았지만, 세 개의 스피커로 인해 나의 원룸은 홈 시어터 자체가 되었다. 우주까지는 아니고 숲 속의 작은 오두막집이나 바닷가의 방갈로에 있는 기분이랄까. 그리고 그 정도가 딱 좋았다.

이상한 일이지만 언젠가부터 나는 이전만큼 음악을 많이 듣지 않게 되었다. '음악이 없으면 못 살 것 같던 시절'이 지나간 걸지도 모르고 들을 만큼 들은 걸지도 모른다. 또는 더 이상 젊지 않은 걸지도. 이제는 어떤 음악이 듣고 싶다고 생각하면 머릿속에서 그 곡이 바로 재생된다. 그래서 굳이 직접 듣지 않아도 된다. 경험이 나의 오디오가 된 걸까. 그렇다면 그건 그것대로 좋은 일이다.

그래도 스무 해가 훨씬 넘는 동안 보스 오디오에 대한 애정은 식지 않았다. 아직도 갖고 있냐고? 말해 뭐해.

소파

︶

소파 한쪽이 푹 꺼진 건, 장난감을 갖고 놀던 아이가 신나게 쿵쿵거렸기
때문이리라. 아이와 같이 놀던 소파라면 나와도 다정하게 지낼 수 있으리라.

새 소파가 들어온 순간부터 나는 내내 좌불안석이었다. 거실 한쪽 벽면에 착 붙어 있는 소파에 엉덩이를 잠깐 붙였다가도 불에 덴 듯 화들짝 놀라 일어서서 침실로 도망갔다. 책상이 있는 거실은 나에게 작업공간이기도 한데, 소파의 요상한 존재감을 견딜 수 없으니 일을 할 수가 없었다. 무엇보다 견디기힘든 건 소파에서 나는 냄새였다. 성분을 알 수 없는 화학약품 냄새가 내 몸에 심각한 이상을 야기할 것이라는, 과학적 증명이 이루어지지 않은 불안함이 나를 꽁꽁 사로잡았다. 하루를 어찌어찌 버티고 다음 날 아침 침실에서 나왔다가 또 기함을 했다. 그리고 결심했다. 저 소파는 저 자리에 있어선 안 된다, 당장 돌려보내자. 판매처에 전화를 해서 냄새 탓을 하며 읍소한 끝에 엄청난 배송비를 물고 반품을 하기로 합의를 보았다. 내 생애 세 번째 소파와의 인연은 그렇게 끝났다.

첫 번째 소파는 원룸에서 20평대 아파트로 이사했을 때 샀다. 실내공간이 세 배쯤 넓어졌는데 원룸에 있던 가구들을 모조리 옮겨놓으니 희한하게도 집이 차버렸다. 포개놓았던 것들을 펼쳐놓은 셈이랄까. 당장 필요한 것도 없었고 이전 집의 두 배인 전셋값을 마련하느라 박박 긁어모은 탓에 뭔가를 살 여력도 없었다. 친구들이 놀러 오면 거실 바닥에 방석을 깔고 앉은뱅이 상을 놓았다.

첫 번째 소파가 생긴 건 그로부터 몇 달이 지난 후였다. 싸고 튼튼한 걸 찾다가 이케아의 이인용 소파를 점찍었다. 무슨 마음이 동한 건지 모르겠으나 내가 고른 건 빨간색이었다. 거실에 소파를 놓으니 그럴듯해 보이긴 했지만 썩 편하진 않았다. 반쯤은 소파 위에서 반쯤은 바닥에서 생활하면서도 이걸 치워야겠다, 다른 걸로 바꿔야겠다는 생각은 들지 않았다.

그러던 어느 날 친구와 함께 집으로 돌아오다가 계단참에 놓인 소파를 발견했다. 꽤 낡아 보였고 매우 의심스러운 보라색이었는데 나의 빨간 소파에 비하면 크고 푹신해 보였다. 역시 알 수 없는 이유로 마음이 움직여 친구와 함께 끙끙거리며 그 소파를 집 안에 들여놓고 빨간 소파는 급한 대로 침실에 넣었다. 다음 날 아침에 일어나 거실로 나갔다가 역시 깜짝 놀라 쓰러질 뻔했으나 나의 선택을 돌이키기는 매우 어려웠다. 소파를 옮겨준 친구는 이미 가버렸고 혼자 힘으로는 한쪽 귀퉁이도 들 수 없을 정도로 무거웠으니.

갈팡질팡한 심정으로 이렇게도 앉아보고 저렇게도 누워보며 소파와 함께 살아갈 수 있을지 가늠해 보는데 등받이 사이에 있는 뭔가가 손끝에 걸렸다. 작고 딱딱한 뭔가를 꺼내보니 나무로 만든 파란색 장난감 자동차였다. 당장 마음이 흐물흐물 녹아내리고 입꼬리가 올라갔다. 소파 한쪽이 푹 꺼진 건, 장난감을 갖고 놀던 아이가 신나게 쿵쿵거렸기 때문이리라. 아이와 같이 놀던 소파라면 나와도 다정하게 지낼 수 있으리라.

소파가 다정해도 보라색은 여전히 요상하여 남아도는 매트리스 커버를 뒤집어 씌워 갈색으로 만들었다. 빨간색 소파는 엉덩이만 걸칠 수 있었지만 갈색이 된 보라색 소파는 누울 수도 있었다. 하지만 빌려 온 고양이처럼 침실에 박혀 있는 저 빨간 소파는 어떻게 한단 말인가, 하는 고민은 며칠 후 또 다

른 친구가 깨끗하게 해결해 주었다. 마침 이사를 간 집에 소파가, 그것도 이인용 소파가 필요하다는 것이다. 믿을 수 없겠지만 네가 원하는 바로 그 소파가 나한테 있다, 그것도 남아돌고 있다고 말해주자 친구는 집으로 들이닥쳐 빌려 온 용달차에 냉큼 소파를 싣고 달려갔다. 친구의 새 보금자리에 어엿하게 자리를 잡은 빨간 소파는 그 집과 잘 어울렸고 행복해 보였다. 나는 나대로 청소전문업체를 불러 카펫과 소파, 매트리스를 깔끔하게 스팀세탁하고 소파에 정을 붙였으니 '모두에게 해피엔딩'이었다.

우연과 인연이 씨줄과 날줄로 짜여 맞이하게 된 두 번째 소파는 이후 몇 년을 잘 버텨주었다. 하지만 원래 꺼져 있던 소파 한쪽이 점점 무너져 내리고 상황은 날로 악화되어 기어이 세 번째 소파를 구해야 할 지경이 되고 말았다. 밤낮으로 각종 사이트에 들어가 검색을 해보니 소파의 세계란 가히 우주와 비교할 수 있을 정도로 광대한 것이었다. 잠자리에 들면 감은 눈 안에서 각양각색의 소파들이 날아다녔다. 고민에 고민을 거듭하여 선택한 세 번째 소파는 장고 끝의 악수가 된 셈이다.

부랴부랴 '냄새 나는 소파'를 쫓아내고 바닥 생활로 돌아갔다. 이전의 소파는 이미 대형폐기물로 내놓았기 때문에 되찾아 올 수도 없었다(이 과정에서 또 한 명의 친구가 희생양이 되어 나를 도와주어야 했다). 당시 우리 집에 자주 놀러 오던 친구들은 소파 살 형편이 안 되느냐며 걱정도 하고 소파 고르는 요령과 정보 같은 걸 알려주기도 했지만 나는 머리를 설레설레 저었다. 세 번째 소파 사건 이후 새롭게 알게 된 사실이 있는데, 나는 물건에 대한 낯가림이 있다는 것이다.

"그런 게 어딨어. 들어본 적도 없네."

"여기 있잖아. 내가 그 증거야."

말을 하다 보니 확신이 생겼다. 그러고 보면 나는 신제품 같은 것에 전혀 관심이 없다. 갖고 있는 물건이 고장 나거나 망가지기 전에 새 물건을 산 적도 없다. 온 세상이 평면 텔레비전을 볼 때도 뚱뚱한 브라운관 텔레비전을 끌고 다녔고, 냉장고, 세탁기 같은 가전제품도 최소 20년 이상 사용했고, 신발도 몇 번이고 수선해서 신었다. 어쩔 수 없이 물건을 새로 사야 할 때면 항상 스트레스에 시달린다. 그사이에 달라진 메커니즘을 쉽게 따라갈 수가 없는 것이다. 그래서 적응하기까지 지난한 노력이 필요하다. 세 번째 소파가 쫓겨난 것 역시 나의 낯가림 때문이리라.

뒤늦게나마 나의 주제를 파악하고 나니 또 다른 소파를 구하겠다고 덤비는 건 어리석은 일이라는 결론이 났다. 그런데 웬걸, 한 친구의 신변에 일어난 큰 변화가 내게 지대한 영향을 미치게 되었으니, 바닥 생활도 나름대로 할 만하구나, 하고 슬 슬 늘어져 있던 때였다.

그 친구는 작은 출판사를 꾸려가고 있었는데, 이런저런 사 정으로 적자가 쌓여 출판사 문을 닫고 다른 출판사에 취직을 하게 되었다. 나도 친구의 출판사에서 책을 한 권 내는 바람에 사무실에 자주 들락거렸다. 직원들과도 금세 친해져서 하루 일과가 끝난 후 툭하면 거기서 술판을 벌였다. 월드컵이나 선 거방송을 보며 밤을 새다시피 한 적도 있다. 사무실의 작은 방 하나에는 책과 사무용품, 일하다 힘들면 잠시 눈을 붙일 수 있 는 접이식 침대가 있었는데 나도 두어 번 그 침대에서 쪽잠을 잤다. 출판사 문을 닫으며 집기들을 정리하던 친구가 '혹시 그 침대가 필요하지 않느냐'고 물었다. 반짝, 머릿속에 불이 켜졌 다. 자주 보고 몇 번 사용하기도 했으니 그 침대는 내게 낯선 물건이 아니었다. 낯을 가릴 이유가 없다. 내가 솔깃해하자 친 구도 반색을 했다. 버리기는 아깝고 끌고 다닐 수는 없는데 내 가 받아주면 아주 기쁘겠단다.

다음 날 셋이서 침대를 이고 지고 우리 집으로 왔다. 소파 가 있던 자리에 턱 펼쳐놓았더니 안성맞춤이었다. 의자보다 좀 높긴 했지만 누워서 책을 읽기에는 딱 좋았다. 우리 집에서 가끔 자고 가던 친구들이 나보다 더 좋아했다. 책방에 깔아주는 이부자리보다 접이식이라도 침대가 편한 게 당연하다. 그리하여 내 돈 주고 산 첫 번째 빨간 소파, 계단에서 주워 온 두 번째 소파, 옷깃 스칠 사이도 없이 사라진 세 번째 소파, 친구의 안타까운 사정과 다정한 마음으로 인해 침대에서 소파로 살게 된 네 번째 소파, 얼마 전 여러 곡절 끝에 맞이한 다섯 번째 소파로 나의 소파 연대기는 완성되었다. 연대기를 완성한 건 물론 들락날락거린 소파들이 아니라 고의적으로 또는 자발적으로, 생각지도 못하고 알지도 못하는 사이에 내 인생에 관여한 친구들이다. 오랜 시간 동안 나의 낯가림을 이리저리 구슬려 동글동글한 인연으로 만들어준 내 편들이다.

토
끼

⌣

언제 어디서든 토끼를 보면 내 생각이 나고 저걸 사다 줘야겠다는 충동을
주체할 수 없다는 것이 친구들의 해명이었다. 마음먹고 세어보지는
않았지만 그렇게 받은 토끼가 한때 백 마리 정도 되었다.

20대 후반, 2년 정도 홍대 앞에서 살았다. 5층 건물의 3층
이었고 1층에는 옷가게가 있었다. 옷가게 옆에 난 계단으로
들락거렸으니 오가는 길에 구경이라도 했을 법하고, 그러다
한두 벌 사 입었을 법도 한데 그런 일은 단 한 번도 일어나지
않았다. 마음에 든다고 척척 옷을 사 입을 형편이 아니어서 의
식적으로 또 무의식적으로 눈길을 주지 않았을 것이다.

여느 날과 마찬가지로 딱히 바쁜 일도 없으면서 바쁘게 옷
가게 앞을 통과한 나는 문득 기이한 감정에 사로잡혀 걸음을

멈췄다. 뭐지, 지금 막 뭔가를 본 듯한데? 뭔지 모르겠지만 말랑하고 따뜻하고 착하고 예쁜 것을? 그것이 내게 말을 건 것 같은데? 알아들을 수는 없지만 말랑하고 따뜻하고 착하고 예쁜 말을?

슬슬 뒷걸음질을 쳐 옷가게 앞에 이르자 쇼윈도에 전시된 알록달록한 옷들이 눈에 들어왔다. 내게 말을 건(혹은 걸었다고 생각되는) 뭔가는 그 옷들 속에 파묻혀 있었다. 두 손으로 폭 감쌀 수 있을 정도로 작은 토끼인형이었다. 내 걸음을 돌리게 한 그것을 금세 알아보긴 했지만 내가 왜 그랬는지는 알 수가 없어 몹시 난처했다. 우선 나는 인형을 좋아라 갖고 놀 나이가 지나도 한참 지나 있었다. 토끼를 특별히 좋아하지도 않는다. 게다가 그 토끼인형은 내가 싫어하는 분홍색이었다. 언제부터 어떤 계기로 분홍색을 꺼리게 되었는지는 모르겠으나 분홍 비슷한 색깔을 띤 것들이 내 주위에 존재하는 걸 용납하지 않을 정도로 단호하게 싫어했다.

내가 쇼윈도를 바라보며 멍청하게 서 있자 옆에 있던 친구가 옆구리를 쿡쿡 찌르며 이유를 물었다. 솔직히 말하기는 창피하다 생각하면서도 내 손가락 끝은 토끼인형을 향했다. 친구는 키득키득 웃더니 내 손을 잡고 옷가게 문을 벌컥 열었다. 어어 하는 사이에 친구는 쇼윈도에 있는 토끼인형이 얼마냐고 묻고 있었다. 가게 주인이 난처한 듯 웃으며 '그건 파는 물건이 아니에요' 하기에 나는 제풀에 얼굴이 빨개져서 친구의 팔을 끌었지만 그는 물러서지 않았다. '이 친구가 이 건물 3층에 산다, 이웃사촌이란 말도 있지 않느냐, 이것도 인연이 아니냐, 저 인형도 쇼윈도에 멀뚱멀뚱 앉아 있느니 아껴주는 사람에게 가면 행복하지 않겠느냐, 합당한 값을 쳐주겠다, 그러면 누이도 좋고 매부도 좋고 토끼도 좋지 않겠느냐' 운운 갈팡질팡한 논리를 잘도 갖다 붙이면서 주인을 구슬렸다. 신기하게도 주인이 그 말에 넘어왔다. 토끼인형을 꺼내 오더니 대뜸 내 품에 떠넘기고는 돈도 받지 않았다. 그리 드라마틱하지는 않지만 흔치 않은 인연으로 내게 굴러 들어온 토끼인형에게 왠지 이름을 붙여주어야 할 것 같은 강박이 일었는데, 너무 이름 같은 이름을 붙이기에는 내 나이가 많지 않나 하는 심리가 작용하여 토끼인형의 이름은 어영부영 '토끼'가 되었다.

한낱 사물도 많은 시간을 함께하며 정을 붙이면 사물 이상의 존재가 된다. 그날 이후 내 잠자리에서 떠난 적이 없는 '토끼'가 그렇다. 대학 때부터 혼자 살았고 세상이란 어차피 혼자 사는 것이라 생각하며 그 사실에 대해 불만은 없지만, 그래도 혼자라서 곤란하다 싶을 때가 간혹 있다. 그중 하나가 무서운 꿈을 꾸었을 때다. 겨우 반쯤 깨어나긴 했지만 비몽사몽, 꿈인 것 같은데 꿈이 아닌 것 같기도 한 상태에 빠져 허우적거리는 시간이 꽤나 괴롭다. 누군가 '꿈을 꾼 거야' 하고 칼로 내리치듯 분명하게 말해주면 그 공포가 싹둑 잘려나갈 것 같은데 그럴 사람이 없으니 스스로 타이르고 달래야 한다.

그러한 상황을 맞닥뜨리면 토끼가 도움이 된다. 급한 대로 팔을 뻗어 토끼를 끌어당기고 말랑말랑한 감촉을 느낀다. 친근한 존재를 만지는 것만으로 꿈의 공포가 사라지고 현실이 돌아온다. 아, 나는 안전한 내 침대 속에 있구나 실감한다. 팔을 뻗었는데 토끼가 금방 잡히지 않으면 초조해지고, 그런 일을 몇 번 겪은 후부터 자기 전에 토끼를 베개 옆에 놓아두는 일이 잠자리의 습관이 되었다. 유난히 뒤숭숭한 꿈에 시달리다 깨어보면 나를 지켜주어야 할 토끼가 침대 아래에서 뒹굴고 있는 경우도 많았다. 꿈과 현실이 교감하고 이성과 감성이 서로 침범하여 비과학적이고 비논리적인 현상을 만들어내는 거라 우기고 싶다. 말은 그럴듯하게 하고 있지만 어린아이가 인형을 끌어안고 자는 것과 다를 바 없다는 건 나도 잘 알고 있다.

어찌 되었거나 그런 이유로 토끼는 내가 유일하게 애지중지하는 소유물이 되었고, 이삿짐을 쌀 때면 박스가 아니라 내 가방에 귀중품과 함께 넣어 데려갔다. 긴 여행을 떠날 때면 낮선 잠자리에 대한 걱정이 솟구쳐 슈트케이스에 토끼를 넣어갈까 심각하게 고민했다. 친구들이 배를 잡고 웃어대는 건 상관없지만 '멀쩡해 보이는 어른이 토끼인형이라니—새 것이라면 선물인가 할 테지만 척 보기에도 연식이 있어 보이는데—마약이라도 숨긴 거 아냐' 등등의 상황이 공항 검색대에서 벌어져 토끼를 낱낱이 분해해 버리면 어쩌나 하는 데까지 생각이 이르러 별수 없이 침대에 눕혀두고 갔다.

이런저런 사연이 쌓이고 시간이 흐르면서 토끼는 친구들 사이에서 유명세를 얻었고 그 결과, '이 인간은 토끼를 좋아하는구나' 하고 오해한 이들에게 받은 토끼 관련 선물이 산더미를 이루었다. 봉제 토끼는 기본이고 도자기 토끼, 나무 토끼, 종이 토끼, 유리 토끼, 세라믹 토끼 등 재질은 물론 열쇠고리, 지갑, 오르골, 주걱에 이르기까지 용도도 다양했다. 언제 어디서든 토끼를 보면 내 생각이 나고 저걸 사다 줘야겠다는 충동을 주체할 수 없다는 것이 친구들의 해명이었다. 마음먹고 세어보지는 않았지만 그렇게 받은 토끼가 한때 백 마리 정도 되었다. 과연 토끼의 번식력은 엄청나구나, 하고 감탄하고 있다가는 눈 뜨고 앉아 잠식당할 판이었다. 우정은 감지덕지하나 나는 사실 토끼를 좋아하는 게 아니다, 그동안 오해하게 만들어 미안하다, 고백하고 오래된 토끼, 망가진 토끼, 누가 준 건

지 기억나지 않는 토끼 등등을 하나하나 정리했다. 대방출 후 스무 마리 정도의 토끼가 살아남았고 구석구석 제자리를 찾았다. 물론 오리지널 '토끼'는 침대에 있다.

세월이 흐르면서 털의 윤기가 사라지고 색이 바래고(감사하게도 더 이상 분홍색이 아니다) 한쪽 귀가 덜렁거리게 되었지만 깨끗이 빨아서 보송하게 말리고 꿰매주고 어르고 달래면 여전히 말랑하고 따뜻하고 착하고 예쁜 눈동자로 나를 바라본다. 밤마다 나쁜 꿈으로부터 나를 지키며. 내 안에 있는 엄살 부리는 작은 아이를 지키며.

전
화
기

⌣

점호를 받기 위해 방으로 돌아가야 한다, 이후에는 통화가
불가능하다는 내 설명을 듣고 선배가 기상천외한 방법을
내놓은 데 걸린 시간은 5초 정도였다.

아련한 첫사랑을 그리듯 아련한 첫 번째 휴대전화를 그려
본다. 첫사랑에 대해서는 가타부타 할 말이 별로 없는데 슬프
거나 아프거나 괴로워서가 아니라 한없이 모호하고 지나치게
아득하여 '그때 그 인연이 첫사랑이었다'고 분명하게 말할 대
상이 없기 때문이다. 그에 비해 첫 번째 휴대전화는 생김새는
물론이고 촉감도 떠올릴 수 있다. 지나간 일을 꼼꼼히 기억하
는 성격도 아니고 과거를 돌아보며 진중한 반성과 성찰을 해
본 적도 없는 나에게는 상당히 특이한 일이다.

내가 태어났을 때 우리 집에는 전화기가 없었다. 부엌 딸린 방 한 칸짜리 셋방에서 세 식구가 살 때, 주인집에서 전화를 받으라고 소리치면 엄마가 달려갔던 기억이 난다. 흔한 일은 아니었으니 주인집 전화는 아주 급할 때의 비상연락처였을 것이다. 집전화가 생긴 후에도 전화기를 붙잡고 친구와 수다를 떨지는 않았다. 학교에서 또는 하교 후에 이야기하는 걸로 충분했고 할 말이 많으면 (믿을 수 없지만) 편지를 썼다. 친구 집에 전화를 걸어 어른이 받으면 친구를 바꿔달라고 공손히 부탁해야 하는 것도 번거로웠다. '전화비 많이 나온다'는 잔소리를 들어가며 전화를 쓸 이유는 없었다.

대학에 입학하고 들어간 기숙사에는 자그마한 경비실이 있고 거기에 직원이 한 사람 있었는데, 그의 주된 업무는 전화를 받는 것이었다. 외부에서 전화를 걸어 '301호 아무개 학생과 통화하고 싶다'고 말하면 직원은 마이크를 켜고 '301호 아무개 학생, 전화받으세요'라고 방송을 한다. 아무개는 3층에서 1층까지 단숨에 뛰어 내려와 '받기 전용 전화기'의 수화기를 들고 상대와 통화를 한다. 전화는 한 대고 학생은 수십 명이니 기숙사로 전화를 하는 사람들은 급한 용무가 있거나 끈질긴 성격의 소유자들이다. 그나마 기숙사 문이 닫히는 밤 10시 이후에는 전화를 받을 수 없고, 공중전화로 걸 수는 있지만 이것 또한 딱 한 대밖에 없어서 역시 급한 용무가 있거나 끈질긴 성격의 소유자들만 차지할 수 있었다.

1학년 가을 학기 무렵이었을 것이다. 기숙사 전체가 통화 불가능 상태에 빠지는 밤 10시를 30분쯤 남겨놓은 시간, 학생들이 돌아오고 샤워장이 북적거리고 밤중에 끓여 먹을 라면을 조달하기 위해 이리저리 뛰어다니는 발소리가 요란하던 그때, 내 이름을 호명하며 전화를 받으라는 안내방송이 울려 퍼졌다. 마감 직전의 치열한 경쟁을 뚫고 나를 부르는 데 성공한 이는 도대체 누구란 말인가, 계단을 뛰어 내려가며 머리를 핑그르르 돌려보았지만 떠오르는 사람은 없었다.

수화기를 집어들자 의외의 목소리가 흘러나왔다. 집요한 인내심을 발휘하여 통화에 성공한 선배의 용무는 '오늘 우리 집에 전화가 들어왔다'는 것이었다. 기념으로 친구와 선후배들에게 전화를 돌리던 중 기숙사에 살고 있는 나를 떠올렸고, '이것도 재미있겠다'고 생각했을 게 틀림없다. 그 시절 나의 사랑하는 선배들 대부분은 늘 새로운 경험을 찾아 헤매고 있었고 그들에게 여대생 기숙사는 근접할 수 없는 미지의 세계였으니까.

이야기하기 좋아하는 선배와 듣기 좋아하는 내가 쿵짝쿵짝 대화에 열을 올리는 사이 밤 10시가 되었다. 점호를 받기 위

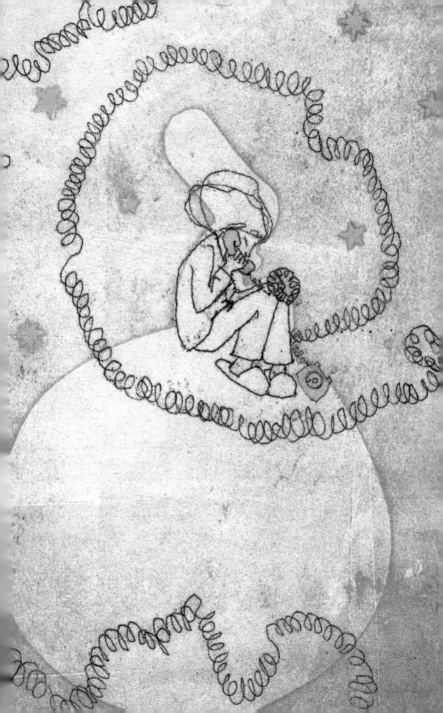

해 방으로 돌아가야 한다, 이후에는 통화가 불가능하다는 내 설명을 듣고 선배가 기상천외한 방법을 내놓은 데 걸린 시간은 5초 정도였다. 일단 전화를 끊고 방으로 돌아가 점호를 받아라, 기숙사 전체 점호가 끝나는 시간과 이후 잠잠해지는 시간을 감안하여 30분 후에 다시 전화를 걸겠다, 경비실 전화와 네가 받고 있는 전화는 분명 연결되어 있을 테니 벨이 울리면 수화기만 들면 된다, 중간에 복잡한 장치가 있어 연결이 안 될 가능성은 매우 희박하지만 그렇다 해도 손해 볼 건 없다―이것이 선배의 지시사항과 제안의 근거였다.

과연 그런 게 가능할까, 가능하다면 왜 여태 아무도 그런 시도를 하지 않았을까, 희미한 의심이 살짝 고개를 들었지만 손해 볼 일은 없었으므로, 30분 후 나는 다시 내려와 전화기 앞에 섰다. 10시 30분 정각에 벨이 울렸고 첫 번째 벨소리가 끝나기도 전에 먹이를 낚아채는 한 마리 매처럼 잽싸게 수화기를 들었다. 의기양양한 선배의 목소리가 흘러나왔다. 누군가에게 들키지 않을까, 들키면 혼이 날 일일까 궁금했지만 점호가 끝난 기숙사의 밤, 경비실과 식당이 있는 1층에 볼일이 있는 사람은 아무도 없었다. 덕분에 선배와 나는 아무런 방해도 받지 않고 한 시간쯤 수다를 떨었다. 그 선배가 훗날 시집 한 권을 내고 세상을 떠난 기형도라는 사실은, 알 만한 사람들은

다 알 뿐 아니라 '그러고도 남을 인간이다'는 소회도 공공연하게 떠돌아다녔다.

그런 기억이 내 인생에 버젓이 뿌리를 내리고 있었으니 내게 전화기란 매우 귀한 것, 다수의 사람들이 공유하는 것이었고, 따라서 내 소유의 '전화기'를 '들고 다닌다'는 상상은 할 수가 없었다. 휴대전화가 출시된 건 직장 생활 5년 차에 접어들 무렵이었다. 무전기처럼 생긴 전화기에 대고 목청을 높이는 사람들이 늘어났고 내가 다니던 잡지사에서도 벽돌 같은 전화기를 심심찮게 볼 수 있었다. 멀쩡한 회사 전화 놔두고 왜 저런 걸 쓴단 말인가, 코웃음을 치던 나를 단번에 변심하게 만든 건 소니 휴대폰이었다. 손안에 쏙 들어오는 앙증맞은 크기, 동글동글하고 귀여운 디자인, 전화를 받을 때 수신기를 톡 쳐서 내리는 감촉, 한밤중에 충전기 안에서 깜박깜박거리며 내일을 준비하는 모습까지 모조리 마음에 들었다. 기자란 돌아다니는 게 직업이니 휴대전화는 필수품이 아니겠냐는 여론이 내 주위를 활발히 떠돌아다닌 시기이기도 하다. 여론이 등을 떠밀고 소니 휴대폰이 팔을 끌어당기는 바람에 나는 기어이 주머니를 털고 말았다. 비싼 요금 때문에 전화를 거는 사람도 거의 없고 내가 거는 경우도 거의 없었지만, 아날로그가 디지털로 바뀌어 무용지물이 될 때까지 잘도 들고 다녔다.

사물의 노력

이때가 1990년대 초반이었으니 아이폰이 출시된 2000년대 말까지 20여 년 동안, 필요에 따라 편의에 따라 서너 개의 휴대전화를 사용했지만 정을 붙인 전화기는 없었다. 그래서 아이폰3G를 국내에서 사용할 수 있게 되었을 때 오랜 방랑 후 비로소 머무를 곳을 찾은 나그네처럼 안심이 되었다. 소니 휴대폰과 아이폰을 구입하는 데 심각한 고민이나 망설임의 과정을 거치지 않았으니 나름 '얼리 어답터'라 할 수도 있을까? 그로부터 12년 정도가 지난 지금까지 내가 사용한 휴대전화가 아이폰3G, 아이폰5, 그리고 중고로 산 아이폰8까지 단 세 대인 걸 보면 나는 얼리 어답터 근처에도 못 가는 사람이다.

남들은 새로운 세대의 아이폰이 나오면 가슴이 두근거리고 배송 하루 전에는 설렘으로 잠을 이루지 못한다는데, 나는 아이폰을 바꿀 때마다(그래봤자 두 번이지만) 걱정으로 잠을 설쳤다. 달라진 모양, 달라진 기능에 적응하기까지 상상을 초월할 정도의 오랜 시간이 걸리고 사용하던 기기와 비슷하게 세팅하는 데도 무지막지한 노력이 든다. 전화기가 없는 집에서 태어난 내가, 더 이상 '전화기'라고 부를 수 없게 된 스마트폰이 없으면 공황장애를 일으킬 정도로 불안해지는 지경에 이른 것을 생각하면 기가 막힐 노릇이지만 어쩌랴, 이미 장단

점을 저울질하여 이것을 소유할 것인지 말 것인지를 결정할 단계도 지나버렸다. 다만 '점호가 끝난 후 기숙사에서 전화 통화를 했던 기억' 같은 건 두 번 다시 생겨날 수 없으리라는 명명백백한 사실을 상기하니 마음 한 구석이 슬쩍 저려온다.

피아노

이 천사 같은 친구가 나에게 잘못될 일을 권할 리 없다. 이 천사 같은 피아노가 짐이 될 날은 없으리라 등등의 생각이 나를 들쑤시더니 피아노와 함께 행복한 시간을 보내고 있는 나의 모습이 생생하게 떠올랐다.

초등학교 2학년 때 새로 이사 간 집 앞 골목에는 늘 피아노 소리가 떠돌고 있었다. 도레도레미파미파 하고 더듬거리는 소리부터 제법 멜로디가 어우러지는 소리까지, 하루 종일 골목을 메우는 소리의 진원지는 우리 집에서 열 발자국쯤 떨어진 곳에 자리한 아담한 이층집이었다. 엄마한테 그 얘기를 했더니 '피아노 학원이야. 너도 가서 배울래?', 대답과 질문이 한꺼번에 돌아왔다. 피아노도 학원도 나에게는 생소했기 때문에 이것저것 재볼 수 있는 정보가 없었다. 그래서 고민도 하지 않았다.

　다음 날 엄마 손에 이끌려 열 발자국을 걸어갔더니 대문이 활짝 열리고 거실에 놓인 새까만 피아노가 눈에 들어왔다. 나와 비슷한 또래의 아이가 딩동딩동 그걸 치고 있었다. 그것이 나에게 용기가 되었다. 저토록 거대한 악기가 저토록 작은 아이의 손끝에서 소리를 내고 있다니, 그렇다면 나도 할 수 있겠구나.

　피아노 교본인 『어린이 바이엘』에는 종이피아노가 붙어 있다. 길쭉한 종이에 하얀 건반, 까만 건반을 그려놓은 것인데 나는 종종 그것을 펼쳐놓고 연습을 했다. 물론 소리는 입으로 냈다. 하지만 1803년에 태어난 독일 작곡가 페르디난트 바이어가 1850년경에 출간했다는 『바이엘』이나, 1819년에 태어난 프랑스 피아니스트 샤를 루이 아농이 만들었다는 손가락 연습용 교재 『하농』을 주야장천 쳐대는 일이 좋을 리 없었다. 나는 어린아이답게 쉽게 싫증을 냈고 '이제 피아노 안 배울래' 엄마에게 말해서 '그래, 그만 배워'라는 허락을 얻어내곤 했다. 그렇게 몇 달을 쉬다가 집으로 돌아가는 길, 골목을 메우는 피아노 소리가 유난히 크게 들리는 날이면 '나 피아노 다시 배울래' 변덕을 부렸고 역시 엄마는 '그래, 배워'라고 냉큼 대답했다.

그만두고 시작하기를 반복하면서 어영부영 『바이엘』 상하권을 마치고 체르니 100번에 들어가자 『소나티네』라는 교재를 만질 수 있게 되었다. 비로소 연주 비슷한 걸 하는 재미에 빠져 집에서도 종이피아노를 신나게 두드려댔는데 그때 내 소원은 빨리 자라서 손가락이 길어지는 것, 그래서 낮은 도와 높은 도를 한 번에 칠 수 있는 것이었다.

어느 날 퇴근 후 집으로 온 아빠가 대뜸 갈 데가 있다며 내 손을 잡아끌더니 피아노가게를 찾아간 건 4, 5학년 때쯤이었을 것이다. 피아노를 사달라고 조른 적도 없었고 갖고 싶다는 꿈도 꾸지 않았으니(그런 꿈을 꾸면 갖고 싶은 마음이 생길까봐) 아빠의 행동은 충격적인 기쁨이었다. 나중에 들어보니 그날 아침 나는 학교에 가기 전 피아노 학원에 가서 수업을 받고 있었는데, 출근을 하던 아빠가 내 피아노 소리를 듣고 '아, 피아노를 사줘야겠다' 결심했다는 것이다. 하루아침에 호루겔 업라이트 피아노를 갖게 되었으니 더 이상 피아노 안 할래, 라는 말도 할 수 없게 되었다.

체르니 30번을 시작하자 동요모음집을 펴놓고 뚱땅거리며 노래를 부를 수 있게 되어 심심하지 않았고, 어른들이 좋아하는 노래를 악보 없이 칠 수 있게 되어 귀여움도 받을 수 있었다. 그 시절 음악시간이 되면 전교에 딱 한 대 있는 오르간을 교실로 끌어와 반주를 했는데, 어쩌다 내가 반주 담당이 되어 페달을 꾹꾹 밟아가며 건반을 두드리곤 했다. 체르니 30번을 끝내고 나니 마침맞게 초등학교를 졸업해야 할 때가 되었다. 체르니 40번과 50번은 악보만 보아도 눈이 돌아갈 정도로 어려워 보였으므로, 피아니스트가 될 게 아니라면 거기서 멈추는 게 여러모로 현명해 보였다.

대학에 입학하여 서울로 오면서 집에 있는 피아노와도 작별했다. 수없이 이사를 다니면서도 무거운 피아노를 끌고 다녔던 엄마는 못내 아쉬워하며 내 사촌동생 집으로 주인 잃은 피아노를 실어 보냈다. 내 인생에 피아노가 다시 등장한 것은 그로부터 십수 년이 흐른 후이다. 왕복 두 시간이 넘는 출퇴근 길이 고단하여 회사 가까운 곳으로 집을 옮겼는데, 집으로 가는 골목 안에 피아노 학원이 있었다(그러고 보면 '집 앞에 피아노 학원이 있으니 한번 가볼까'라며 단순하게 결심하고 단순하게 행동하는 인간이 나인 듯하다). 학교를 갓 졸업한 듯한 젊은 선생님이 동네 꼬맹이들을 가르치는 곳이었다.

퇴근 후 모처럼 약속이 없던 날 저녁, 집으로 돌아가다가 그 학원의 문을 스르르 열었다. 당시 나에게는 목표가 하나 있었는데 슈베르트 즉흥곡 90번, 그중에서도 3악장을 내 손으로 연주하겠다는 것이었다. 플랫이 여섯 개나 붙어 있는 그 곡은

안단테 즉 '느리게' 연주하는 악장이지만, 새끼손가락이 음 하나를 짚을 때 나머지 네 손가락은 여섯 개 내지 열두 개의 음표를 아르페지오로 연주해야 한다. 에단 호크와 우마 서먼이 주연을 맡았던 영화 「가타카」의 한 장면에 이 곡이 흘러나오는데, 연주를 하던 피아니스트의 손가락은 열두 개였다(영화의 배경은 시험관수정을 통해 완벽한 유전인자를 가진 인간을 만들어내는 미래사회로, 여기 등장하는 피아니스트 역시 '완벽한 피아니스트'로 만들어졌다. 피아니스트라면 손가락이 열두 개는 되어야 한다, 그 손가락을 돋보이게 하려면 슈베르트 즉흥곡 90번 3악장 정도는 쳐야 한다는 의도가 있었을 것이다).

영화를 보고 나서 기가 팍 죽긴 했지만, 해보지 않으면 모른다. 체르니 30번을 마치긴 했으나 워낙 오래전이라 악보를 보는 법도 가물가물하여, 선생님과 상의해서 체르니 30번을 다시 하기로 했다. '이것만 하면 재미가 없다'며 선생님이 추천한 악보 중 의외의 발견은 바흐였다. '이 세상의 모든 음악이 사라져도 바흐의 악보만 있으면 음악은 다시 시작될 수 있다'는 말도, '악보는 복잡해 보이지 않지만 꽤 까다로워서 전공자들이 가장 어려워하는 작곡가가 바흐'라는 말도 이때 들었다. 살얼음처럼 얇은 나의 경험을 토대로 굳이 이유를 찾는다면, 바흐의 악보에서는 오른손과 왼손이 매우 평등하기 때문일 것이다. 슈베르트는 물론이고 쇼팽, 베토벤의 경우에는 오른손이 멜로디를 맡고 왼손은 반주를 맡는다. 그들의 곡을 계속 연주하다 보면 자신도 모르게 오른손의 실력이 왼손보다 나아지게 되는 것이다. 그런데 바흐의 경우에는 오른손과 왼손의 역할이 거의 동등하다. 다른 곡들은 오른손으로만 연주해도 무슨 곡인지 알 수 있지만, 바흐는 두 손을 같이 사용해야 멜로디가 들린다. 악보 전체가 스위스 장인이 만드는 시계처럼 정교하게 얽혀 있어서, 중간에 한 번 꼬이면 스텝이 엉켜 바로 엉망이 된다.

그런데 나는 바흐의 그러한 방식과 규칙이 좋았다. 모든 곡이 완벽했다. 그날 이후 지금까지 '가장 좋아하는 작곡가는 바흐'라고 숨도 안 쉬고 말할 수 있다. 그렇게 바흐에 홀딱 반한 덕분에 체르니 30번을 마치고 체르니 40번, 50번까지 진도를 나갈 수 있었다. 집에 피아노가 없으니 아무 때나 와서 연습하라며 선생님이 열쇠를 주셔서, 늦은 저녁에도 휴일에도 타박타박 걸어가 셔터를 올리고 피아노 앞에 앉았다. 그 결과 대망의 슈베르트 즉흥곡 90번 3악장은 물론이고, 1악장과 2악장도 연주가 가능해졌다. 물론 남들보다 느리게, 그것도 많이 느리게 쳐야 틀리지 않을 수 있지만.

체르니 50번이 끝났을 때 운명처럼 이사를 가게 되었고, 새로 이사 간 집 앞 골목에는 피아노 학원이 없었다. 그렇게 또 몇 년을 잊고 살다가 한 친구의 작업실에 자주 놀러 가게 되었는데, 그 공간에 아름다운 앤티크 피아노가 있었다. 생이별한 연인을 만난 듯 반색을 하며 피아노에 들러붙어 있는 나를 보며 친구는 반짝반짝 빛나는 눈으로 내 귀에 소곤거렸다. '내가 이 피아노 산 곳 소개해 줄까? 중고 앤티크 피아노를 잘 손봐서 파는 곳이야.' 이 천사 같은 친구가 나에게 잘못될 일을 권할 리 없다, 이 천사 같은 피아노가 짐이 될 날은 없으리라 등등의 생각이 나를 들쑤시더니 피아노와 함께 행복한 시간을 보내고 있는 나의 모습이 생생하게 떠올랐다. 나는 저항 한 번 못하고 순순히 내 생애 두 번째 피아노를 맞아들였다.

비록 가뜩이나 좁은 집이 더욱 좁아졌지만 나는 피아노와 행복한 시간을 잔뜩 누릴 수 있었다. 바흐의 악보를 몇 권이나 사고 베토벤의 피아노 소나타에도 도전했다. 다만 예상하지 못한 변수가 하나 있었으니, 내게 오기 전 이미 몇십 년의 세월을 겪은 피아노인지라 툭하면 조율을 해주어야 한다는 것이었다. 거기에 들어간 비용이 만만치 않아 결국 피아노 가격을 훨씬 넘어서게 되었고, 차라리 조율하는 법을 배울까 심각한 고민도 했다. 하지만 인터뷰로 인연을 맺은 피아니스트

손열음이 우리 집에 와서 그 피아노로 연주를 해주었을 때는 '아, 나의 피아노가 이런 행복을 베풀었으니 이제 원도 한도 없다, 그동안 잡아먹은 조율비는 다 용서해 주마'라는 심정이 되었다. 비록 절대음감을 가진 손열음에게는 몹시 미안한 마음이 들었지만.

나와 함께한 지 10년쯤 흐르자 피아노의 생명이 꺼지기 시작했다. 조율을 해도 그때뿐, 다음 날이면 현이 나가고 음이 나갔다. 그러고도 버릴 엄두가 나지 않아 2년을 더 끼고 살았다. 혹시 하고 10년 동안 조율해 주시던 조율사에게 물었더니, 무슨 짓을 해도 회생 불가능하다는 진단이 내려졌다. 대형 폐기물 스티커를 붙이고 사람을 불러 피아노를 내리는데, 이상하게도 슬프거나 아쉽지 않았다. 오히려 이야기를 들은 엄마와 친구들이 정말이냐, 왜 그랬냐, 괜찮냐, 아깝다, 아쉽다 하며 감정을 쏟아냈다.

인연이 다했다, 그런 기분이었다. 인연이 다하면 그저 낡은 실이 끊어지듯 툭 끊어지는구나. 그만이다 하고 툭툭 털 수 있구나. 한 가지 안타까운 일이 있다면 이제 바흐도 슈베르트도 칠 수 없다는 것이다. 새 피아노는 싫고 키보드도 싫으니 종이 피아노라도 하나 구해볼까. 종이건반을 두드리면 소리는 마음속에서 퐁퐁퐁 솟아 나올 테니.

카메라

하지만 나에게는 남아도는 시간, 쓰고 남은 유로, 예기치 않게 길어진
대기시간으로 인한 피로감, 그 결과 발생한 판단력 결핍,
그리고 가방 안에 맨몸으로 들어앉은 라이카가 있었다.

나의 라이카 카메라를 생각하면 지금도 심장이 욱신거린다. 그날 이후 연인과 헤어진 사람처럼 라이카를 떠올리게 하는 물건들을 죄다 버렸다. 그래봤자 오리지널 케이스, 제품설명서, 렌즈를 닦는 천, 누르면 바람이 나오는 먼지제거기가 전부였지만.

물건 사는 걸 그다지 즐기지 않고(백화점 쇼핑 같은 건 질색이다), 갖고 싶은 것도 딱히 없는 내가 유난을 떨며 욕심을 낸 것이 라이카였다. 그렇다고 '저걸 갖지 못하는 인생 따위는

가치가 없다, 무슨 짓을 해서라도 갖고야 말겠다' 정도는 아니었다.

일상이 지루하게 반복되고 왠지 심심할 때는 뭔가를 소원하는 것도 재미있다. (바라본 적도 없고 내 돈으로 사본 적도 없으나) 로또 당첨 같은 비현실적인 것이 아니라 운이 좋으면 가질 수도 있을 정도의 물건을 하나 품고, 그 물건과 함께하는 생활을 상상해 보는 것이다. 그 물건이 하필 라이카가 된 계기는 잘 기억나지 않는다. 새 책에 들어갈 사진을 찍기 위해 카메라가 필요했다, 라고 말하면 그럴듯하겠으나 그럭저럭 쓸 만한 똑딱이 카메라를 이미 갖고 있었다. 애초에 소지품을 잔뜩 챙겨 다니는 것도, 지갑보다 무거운 것을 들고 다니는 것도 싫어하니 간단하고 작고 가벼운 똑딱이가 내게는 제격이었다.

그런 처지를 스스로 잘 알고 있었기 때문에 그저 재미 삼아 '라이카, 라이카' 노래를 부르고 다녔다. 그런데 출판사 사장님이 그 말을 듣고 '내가 좀 보태줄 테니 카메라를 사서 책을 열심히 만들라'며 생각지도 않은 금일봉을 하사하셨다. '아니 뭐 그럴 의도는 아니었는데…' 슬금슬금 뒤로 물러나는 척하면서 손을 뻗어 덥석 받아 들고, 카메라를 잘 아는 친구를 호출하여 라이카 매장으로 달려갔다. 휘황찬란한 카메라들을 앞에 두고 반쯤 넋이 나간 친구의 정신줄을 가까스로 끌어당겨 내 형편에 적당한 카메라를 찾느라 온 매장을 들쑤신 끝에 결국 직원의 도움을 얻어 한 대를 손에 넣었다. 새것이나 다름없는 중고품이어서 가격도 저렴했고(아마 그 매장의 최저가 카메라였을 것이다) 내가 충분히 다룰 수 있을 만큼 기능도 간단했고 무엇보다 새까만 바디가 몹시 매혹적이었다.

그리하여 황송하게도 라이카를 갖게 되었으나 나는 애초에 사진 찍는 일에 취미가 없었다. 아름다운 순간이나 풍경을 카메라보다 눈에, 마음에, 기억에 담는 쪽이 좋다고 말할 수도 있겠으나 그보다는 그저 게으른 탓이다. 내 탓이라 넘어가는 게 양심적일 듯하지만 굳이 또 한 가지 이유를 덧붙이고 싶다는 마음도 몽실몽실 피어오른다.

나는 서른 살 때부터 15년 정도 문화전문지 『PAPER』의 편집장으로 일을 했는데, 당시 사진과 디자인을 총괄하던 김원 대표이사님은 카메라와 물아일체가 된 분이었다. 회사에서 50미터쯤 떨어진 식당에 가면서도 걸음을 몇 번이나 멈추고 셔터를 수십 번 누른다. 매일 다니는 골목인데 뭐가 그리 카메라에 담을 지경으로 신비롭고 불가사의하단 말인가. 이런 형편이니 낯선 풍경을 만나면 그의 셔터 소리가 언제 멈출지 짐작도 할 수 없다. 신비의 동물들이 우글거리는 아프리카 사파

리나 초신성이 폭발하는 우주 한복판에 나를 데려다 놓아도 그 정도는 아닐 것이다.

그런 분과 오랜 세월 직장 생활을 하다 보면 기억해둘 만한 풍경을 만나도 '뭐 나까지 찍어댈 것까지야' 같은 생각이 들고 나중에는 '아아 지겹다'는 심정이 되고 사진을 찍지 않는 게 습관이 되기도 한다. 혼자 떠난 여행지에서도 좀처럼 카메라를 꺼내지 않는 것이다. '그때 거기서는 사진을 좀 찍을걸 그랬어'라는 죄책감 비슷한 후회가 마음속을 떠돌고 있었는지 엄청나게 멋진 풍경을 보았는데 미처 카메라를 꺼내지 못해 그 순간을 놓치는 꿈도 종종 꾸었다. 회사를 그만둔 지 10년이 넘은 지금은 그 꿈조차 가물가물하지만.

그러니 노래를 불러 갖게 된 라이카는 내게 몹시 과분할 뿐 아니라 필요하지 않은 물건이라고 말할 수 있다. 하지만 동시에 '라이카를 갖게 되니 사진 찍는 것이 즐거워졌다'는 것도 말이 된다. 라이카를 지니고 베를린에 갔을 때, 익숙한 장소들이 달라 보였다. 나의 시선이 아니라 카메라의 시선으로 바라보니 모든 게 그림이 될 것 같았다. 내가 부지런히 찍은 사진들이 새 책을 위한 밑작업이 되었으니 나도 좋고 카메라도 좋고 출판사 사장님에게도 좋은 일이었다.

한 달여간의 여행이 끝나고 집으로 돌아오는 길, 프랑크푸르트 공항에서 갈아탈 비행기를 기다리고 있는데 무슨 문제가 생겨 이륙이 지연된다는 안내방송이 나왔다. 두 시간이었던 환승시간이 여섯 시간으로 늘어나는 바람에 발이 묶인 나는 책을 읽는 데도 지친 나머지 어쩔 수 없이 취미에도 없는 면세점 탐방에 나섰다. 옷이나 화장품, 액세서리 같은 것엔 관심이 없어서 주류 코너 같은 데를 서성거리다가 라이카 매장을 발견했다. 내가 산 카메라를 여기서는 얼마에 살 수 있을까 하고 들어선 게 화근이었다. 나의 카메라를 보드랍게 감싸줄 우아한 가죽케이스를 보고 만 것이다.

면세점이라 해도 만만한 가격은 아니었다. 하지만 나에게는 남아도는 시간, 쓰고 남은 유로, 예기치 않게 길어진 대기시간으로 인한 피로감, 그 결과 발생한 판단력 결핍, 그리고 가방 안에 맨몸으로 들어앉은 라이카가 있었다. 내가 거금을 내고 생존에 필요하지 않은 물건을 구입한 건 그 때문이다. 그로 인해 아픈 가슴을 부여잡고 땅을 두드리는 일이 생기게 될 줄 어떻게 알았겠는가.

이제 심장이 욱신거리는 이야기를 해야 하는 나의 심정은 몹시 참담하다. 여기 릴케를 끌어들이는 게 송구하지만 '쓰는 것은 모든 것의 끝'이라고 그가 말하지 않았던가. 나도 그 이야기를 쓰고 끝낼 때가 왔다.

라이카와 함께한 지 1년 남짓 정도 되었을 때였다. 그 무렵 나는 라이카와 완전히 친해져서 어디를 가든 지니고 다니며 몸에서 떼어놓지 않았다. 그날도 친구들과 만나기 위해 집을 나서면서 배낭에 카메라를 챙겨 넣었다. 그런데 집으로 돌아와 가방을 열었더니 라이카가 보이지 않았다. 그날 아침부터 밤까지의 일을 몇 번이나 재생해 보아도 카메라를 꺼낸 기억이 없으니 가방 속에서 제 발로 걸어 나가지 않았다면 사라질 방도가 없지 않은가. 함께 있었던 친구들을 들들 볶고, 친구 중 한 명이 같이 갔던 식당을 다시 찾아가고, 애초에 가방에 넣지 않았던 게 아닌가 의심하며 온 집 안을 샅샅이 뒤졌다. 친구들의 기억을 낱낱이 파헤쳤다. 하지만 그날 나의 라이카를 보았다는 사람은 아무도 없었다. 깔끔하게 말끔하게 지상에서 사라져 버린 것이다.

사건의 충격에서 비적비적 헤어 나온 후 다시 한 번 그날의 행보를 짚어보던 중, 친구들을 만나러 가던 길의 지하철이 매우 복잡했다는 기억이 떠올랐다. 이리 밀리고 저리 밀리는 와중에 누군가 내 배낭을 열어 카메라를 꺼내 갔을 가능성이 농후했다. 지하철에서 내릴 때 어쩐지 가방이 가벼워진 것 같다는 생각이 들었지만 동행하던 친구와 수다를 떠느라 바빴다 (그때 알아차렸다 해도 어쩔 도리는 없었겠지만).

고등학교를 졸업하고 서울에 올라온 직후, 나는 몇 번이나 지하철 안에서 날치기를 당했다. 지방에서 갓 올라왔다고 이마에 쓰여 있기라도 한 건지 툭하면 그들의 표적이 되어 지갑을, 부산으로 가는 기차표를, 사소하지만 나에게는 소중한 소지품 등을 빼앗겼다. 그 이후 지하철을 탈 때면 가시를 잔뜩 세운 고슴도치처럼 주위를 경계하는 습관이 생겼다.

한참 후에 영국의 플리마켓에서 작은 파우치를 잃어버린 적이 있는데, 역시 배낭에 들어 있던 것을 몰래 꺼내 간 것이었다. 하지만 (날치기에게는) 유감스럽게도 그 파우치 안에는 거리에서 나눠주는 휴지와 면봉, 여성용품 두 개가 들어 있었다. 싸우지도 않았는데 이긴 것 같은 기분이 들어 꽤 유쾌했다. 어리바리한 학생 티를 벗고 의젓한 어른이 되면서 더 이상 날치기 따위는 당하지 않는다며 의기양양하다가 한 대 맞은 셈이다.

어딘가 깊숙한 곳에 숨어 있다가 짠, 하고 나타나리라는 실낱같은 희망도 사라지고, 라이카와 보드라운 가죽케이스(한편으로는 이게 더 아까웠다)가 어른거리는 밤들도 지나가고, 심장을 쿡쿡 찌르던 앙금도 먼지가 되어갔다. 이제 내 인생에 카메라는 없을 것이다. 무언가를 소유한다는 것은 기쁨과 아픔을 함께 가지는 것일지도 모른다. 두 번 다시 그러한 아픔을 겨고 싶지 않으니 라이카는 기억의 땅 속에 깊이 묻어버리겠다. 무엇보다 그사이에 아이폰의 카메라 성능도 눈부시게 발전했으니.

책

$\smile$

*혹독한 훈련으로 인해 나는 사물놀이패가 나를 둘러싸고
한바탕 신명 나게 노는 와중에도 뭔가를 쓸 수 있게 되었다.*

"어디야?"

전화를 건 친구가 묻는다.

"집이야."

내가 대답하면 응, 그럼, 하면서 느긋하게 수다를 풀기 시작
한다. 내가 팡팡 놀고 있거나 흐물흐물 늘어져 있을 게 틀림
없다고 믿기 때문이다. 사람들에게 '집'은 그런 공간이다. 하
지만 나에게 집은 잠자리인 동시에 휴식처인 동시에 놀이터
인 동시에 작업실이다. 그래서 전화를 받을 때 일을 하고 있

는 경우도 왕왕 있다. 이런 사정을 뒤늦게 알게 된 친구들은 '집이야?' 대신 '일하는 중이야?' 묻곤 하는데, '사실 일하는 중인데…' 하고 털어놓기 위해 말을 끊을 타이밍만 재는 내게는 무척 고마운 일이다.

작가라는 직업의 장점 중 하나는 노트북 하나만 있으면 언제 어디서든 일을 할 수 있다는 것이다. 영화나 드라마에 나오는 작가들이 번듯한 서재, 큼직한 책상이 있는 작업실에 앉아 글을 쓰는 모습을 볼 때마다 '어라, 그런 건가' 새삼스럽게 감탄한다. 하지만 그때뿐, 서재나 작업실을 갖고 싶다는 생각을 해본 적은 없다.

고요하고 쾌적한, 커다란 창문 너머로 바다 또는 나무가 보이는, 책들로 둘러싸인 웅장한 공간에 묵직한 책상을 들여놓고 차분하게 글을 쓸 수 있다면 참 좋긴 하겠다. 아니 잠깐, 그런 곳에서 글을 쓴다고? 글은 무슨 글. 하루 종일 틀어박혀 책 읽느라 바쁘겠지. 그러다 지치면 쓰기도 하겠지. 그런 상상이 또 행복하긴 하다.

사실 나는 아무 데나 갖다 놓아도 마음만 먹으면 글을 쓸수 있는데 이 재능은 잡지사 기자 생활을 하면서 얻은 것이다. 대학을 졸업하고 네 번 회사를 옮겼는데 처음 들어갔던 잡지사는 3개월 만에 문을 닫았으니 셈에 넣기는 민망하다. 두 번째 회사는 제법 규모가 커서 여성지 두 종, 청소년 대상의 만화주간지 한 종, 인테리어와 요리 등을 다루는 무크팀까지 네 개의 매체가 한 층에 우글거렸다. 마감 직전의 잡지사는 시장통보다 약간 더 소란한데, 문제는 각 매체의 마감이 조금씩 다르다는 것이었다. 이쪽이 한숨 돌리나 싶으면 저쪽에 불이 나니 1년 365일이 북새통이다.

전화기에 대고 목청을 높이는 사람이 있고 래퍼처럼 빠른 말투로 지시를 내리는 사람이 있고 뭔가를 잘못해 혼나는 사람이 있고 야단을 맞고 우는 사람도 있다. 옆에서 벼락이 쳐도 마감은 해야 하니 급한 사람은 책상에 고개를 박고 원고를 쓴다. 뭔가를 쓰기 위해서는 집중을 해야 하는데 온갖 소음과 소리와 소란을 차단할 방법은 없다. 이어폰을 꽂고 음악을 듣는 방법도 있지만 데스크가 부르는 소리를 놓치면 낭패를 보니 웬만한 각오 없이는 불가능하다. 그런 날들이 쌓이다 보면 면역 내지는 요령, 나아가 새로운 재능이 생기는데 '쓰자' 하고 마음먹고 모니터를 노려보는 순간 차단막이 생기는 것이다. 주위의 모든 것이 사라지고 나와 모니터만 남는다. 차단막을 여는 유일한 암호는 데스크가 부르는 나의 이름이다. 시도 때도 없이 불려가 이런저런 지시를 듣고 돌아와서도 마음을 가다듬을 시간 따위는 없다. 스위치를 켜고 끄듯 모드를 바꾸어야 한다. 이러한 혹독한 훈련으로 인해 나는 사물놀이패가 나를 둘러싸고 한바탕 신명 나게 노는 와중에도 뭔가를 쓸 수 있게 되었다.

'집에서는 일이 안 돼. 청소, 빨래, 식사 준비, 설거지 같은 일상이 섞여버리니까'라며 노트북을 들고 카페를 찾는 이들이 아마 정상일 것이다. 비정상인 나는 글을 쓰다가 쌀을 씻고 청소기를 돌리다가 글을 쓴다. 잘 안 풀릴 때는 아예 다른 일을 하는 게 오히려 도움이 된다. 그러다 반짝 생각이 나면 1초 만에 책상으로 돌아와 키보드를 두드릴 수 있으니 이 또한 편리하다. 얼마 전에는 벽지 보수를 한다고 사람들이 와서 거실 한쪽을 뒤집어놓은 틈에서 꿋꿋하게 키보드를 두들겨댔다.

그래서 책상이 거실에 버티고 있는 것에 대해 전혀 불만이 없다. 문제는 책이다. 방 세 개짜리 아파트로 이사를 왔을 때 당연하게도 방 하나는 책에게 내어주었다. 이전에 살던 집 여기저기 박혀 있던 책들을 끄집어냈더니 책장 하나로는 감당이 안 되어 가득가득 쌓아두었다(침대 아래 있던 책들만 수백 권이었다). 필요한 책 한 권을 꺼내려면 상당한 노동이 필요한 데다 일주일에 서너 권의 책을 사들이는 바람에 대책을 세우지 않을 수 없었다.

이케아에서 저렴한 조립식 책장 두 개를 주문하고 그것을 조립할 친구도 불렀다. 가엾게도 친구는 세 시간 동안 고군분투해야 했다(한 시간이면 충분하다더니). 책장 세 개에 책들을 꽂고 나서 그 방을 '책방'이라 뿌듯하게 명명했지만 그로부터 석 달도 지나기 전에 다시 책의 홍수가 났다(물론 그사이에 내가 사들인 책들 때문이었다). 책방의 한 면은 붙박이장이었고 한 면은 창문이 있어 높은 책장을 또 들일 수 없었으므로 이번에는 동네에 있는 목공소를 찾아가 키가 낮은 책장을 맞추었다. 책장이 오기를 기다리며 '다시 안 볼 책'들을 추려냈고 박스를 수거하는 분에게 수백 권의 책을 넘겼다. 다시 몇 달 후, 한쪽 벽에 이중으로 된 슬라이딩 책장을 설치하면서 동일한 과정을 되풀이했다. 그러고 결심했다. 이제 꼭 필요한 책이 아니면 사지 말자. 어차피 책장을 들여놓을 공간도 더 이상 없다. 어차피 버릴 책도 더 이상 없다. 그러니 결심을 했다기보다 결심을 당했다고 해야 할까.

그때부터 일주일에 한 번 정도, 세 권에서 다섯 권의 책을 도서관에서 빌려 와 읽고 반납했다. 그중 갖고 싶은 책은 장바구니에 넣어두었다가 심사숙고를 거듭하여 구입했다. 리모델링 공사로 또는 코로나로 인해 도서관이 문을 닫았을 때는 이미 읽은 책을 다시 읽었고, 보고 싶은 신간은 구입한 후 읽고 다시 팔았다(일정 기간 안에 깨끗한 상태로 되팔면 제법 많은 돈을 받을 수 있다). 한때 E-Book도 사용해 보았지만 와인을 종이컵에 담아 마시는 것처럼 맛도 없고 멋도 없어서 곧 포기했다. 재미있는 책은 최대한 천천히 아껴 읽으려고 친구가 나눠준 아이디로 틈틈이 넷플릭스도 보고 디즈니플러스도 보았다. 그 안에는 책이 보여주지 못한 세계, 책을 필적하는 세계, 심지어 책을 뛰어넘는 세계도 있었다. 굳이 책을 읽지 않아도 처질 것 없는 세상, 독서가 더 이상 미덕이 아닌 세상이 되었다. 권장도서 대신 권장 다큐멘터리, 권장 드라마가 나와도 이상할 게 없다. 책이 쌓이지 않으니 책장도 책방도 필요하지 않고 그에 수반하는 노동을 할 이유도 없다.

그런저런 이유로 한동안 그 세계에 빠져 '나도 이제 책은 됐어' 떠들고 다녔지만 역시 지쳐버렸다. 책을 읽을 때는 내 속도를 유지할 수 있지만 그들이 제공하는 세계에서는 그들의 속도를 따라가야 한다. 그게 버거웠다. 책에 몰두하다 보면 뭔가를 쓰고 싶다는 마음이 이는데 영상을 볼 때는 아무 생각도 나지 않는다는 것도 이유 중 하나다. 딱히 재미있는 것도 없고 볼거리도 없는 어린 시절을 보냈기 때문에 책에 익숙해지고 정이 들고 말았으니 그에 따른 희생은 치러야 한다.

이토록 다양한 시행착오 끝에 나의 일과는 이렇게 정리되었다. 아침에 눈을 뜨고 침대 안에서 잠시 꼼지락거리며 쓰다

만 글을 생각한다. 생각의 꼬투리가 잡히면 컴퓨터를 깨우고 쓰기 시작한다. 틈틈이 물을 끓이고 커피를 내리고 샤워를 한다. 식사를 하면서 책을 읽는다. 책을 읽다가 글을 쓰고 글을 쓰다가 빨래를 널고 설거지를 하다가 아르바이트(각종 프로젝트에 작가로 참여해 기획하고 대본 등을 쓰는 일, 청탁받은 원고를 쓰는 일 등이 내게는 아르바이트이다)를 하고 그러다가 쇼핑 사이트를 열어 식료품과 생필품을 구입한다. 저녁에는 친구를 만나거나 책을 읽는다. 책을 읽다가 잠이 든다. 몇 달에 한 번씩, 그럼에도 불구하고 꾸역꾸역 쌓여가는 책들을 정리한다.

가끔 번거롭고 대체로 느긋하다. 종종 고요하고 자주 행복하다.

청
소
기

정신을 차려보니 그 물건이 장바구니에 들어가 있었고
아차 하는 순간 결제 완료 창이 떴다. 이것도 운명이니 이제부터
청소기가 있는 삶, 청소하는 삶을 살아보자 싶어졌다.

시작은 청소기였다. '차이슨'이라 불리는 무선청소기가 도착한 날, 이후 펼쳐질 일들을 어렴풋이 짐작이라도 했더라면 나는 1초의 망설임도 없이 포장도 뜯지 않고 반품을 했을 것이다.

불과 1년 전까지 나와 청소기는 물과 기름처럼 어우러질 수 없는 사이였다. 먼 옛날, 서울에서 혼자 사는 딸을 위해 엄마가 유선청소기를 하나 사주어서 이사를 갈 때마다 부지런히 끌고 다녔지만, 정작 그걸로 부지런히 청소를 한 기억은 거

의 없다. 청소기가 돌아갈 때의 소음도 싫었고 먼지통을 분리해서 씻고 끼우고 필터를 갈고 하는 과정도 매우 혼란스러웠다(필수품이 아닌 가전제품이 어쩌다 내 손에 굴러 들어오면 사용설명서를 읽다가 지레 겁을 먹고 구석에 처박아 버리는 일이 비일비재했다). 집에서 슬리퍼를 신고 다니다가 가끔 걸레질을 하는 정도였는데 친구들은 '서양식'이라며 웃는 얼굴로 넘어가 주었다.

아파트로 이사를 온 직후 부직포를 부착해 사용하는 일명 '막대걸레'라는 걸 샀다. 세상에 그런 게 존재한다는 사실을 알게 되고 그걸 사겠다는 기특한 생각을 하게 된 건 잘못 배달된 택배 때문이었다. 커다란 박스 하나가 문 앞에 놓여 있기에 살펴보니 전에 살던 사람의 이름이 적혀 있었다. 전화를 넣었더니 '아, 부직포를 주문했는데 깜박하고 주소를 잘못 썼어요. 이리로 보내기도 번거로우니 그냥 써주세요'라는 것이었다. '한 박스나 되는 부직포를 도대체 어디에 쓰란 말인가요?' 물었더니 '막대걸레'라는 것에 끼워 청소할 때 쓰면 된다고 친절하게 알려주었다.

그렇지 않아도 방 세 개와 거실을 물걸레로 닦는 게 감당이 안 되던 차여서 떡 본 김에 제사 지내는 마음으로 막대걸레를 구입했다. 얼마 후에는 '물걸레청소포'라는 걸 알게 되어 부직포로 한 번, 물걸레청소포로 한 번 닦아보았더니 그럭저럭 청소한 티가 났다. 결코 깨끗하다고는 말할 수 없지만 딱히 불편할 것도 없어 아무 생각 없이 '서양식'으로 몇 년을 살았다.

그랬던 내가 왜 무선청소기에 눈길을 주었을까? 막대걸레도 멀쩡하고 부직포와 물걸레청소포도 쌓여 있고 '그렇게 살지 말라'고 누가 면박을 준 것도 아니었는데. 뭔가에 홀린 듯 클릭을 하고 나니 눈앞에 무선청소기가 나타났다. 입 달린 사람들이 '꿈의 청소기'라고 칭송하는 다이슨 청소기의 성능과 비교해도 손색이 없을 뿐 아니라 대단히 저렴한 가격에 물걸레키트까지 딸려 있었다. 정신을 차려보니 그 물건이 장바구니에 들어가 있었고 아차 하는 순간 결제 완료 창이 떴다. 이것도 운명이니 이제부터 청소기가 있는 삶, 청소하는 삶을 살아보자 싶어졌다.

몇 시간 동안 청소기의 메커니즘과 씨름을 하고(나에게는 그만큼 생소한 물건이었다) 하루 종일 청소를 해대고 나서 그동안 열악한 환경 속에 나 자신을 방치해 둔 것에 대해 뿌듯한 마음으로 반성했다. 그 기쁜 소식을 엄마에게 전했더니 엄마는 대뜸 '이 기회에 주방 리모델링을 하면 얼마나 좋을까'라는 희망을 강하게 피력했다. 전부터 들어온 이야기였고 그때마다 흘려보낸 이야기였는데 반짝반짝 빛나는 집을 찬찬히 둘러보니 어쩐지 주방 쪽이 어둡고 지저분해 보였다. 엄마는 '나는 돈을 쓸 데가 없으니 너에게 기꺼이 경제적 지원을 베풀겠다'며 나의 흔들리는 마음에 탕탕 못을 박았다.

수소문 끝에 주방 리모델링을 맡은 사람은 '제이디'였다('제이디 주방 인테리어'의 사장님이어서 나는 그를 '제이디'라 불렀다). 다부진 체격의 제이디는 나의 무수한 갈등과 질문을 시원시원하게 받아넘겼는데 덕분에 '별거 아니구나, 해버리자' 금세 결정을 내렸다. 하지만 리모델링 며칠 전부터 주방 정리를 해보니 언제 왜 저런 게 저기 들어앉아 있나 싶은 물건들이 끝도 없이 쏟아져 나왔다. 집안 살림의 반은 주방에 있는 것 같았다. 그러나 이미 엎질러진 물, 물을 엎질렀으니 닦지 않을 수 없다. 50리터짜리 마대자루를 꽉꽉 채워 몇 개나 버리고(집안 살림의 반의반을 버렸을 것이다) 그 와중에 가쁜 숨을 헐떡이다 수명을 다한 냉장고를 새 냉장고로 바꾸었다. 가스레인지를 인덕션으로 바꾸게 되어 인덕션용 냄비와 프라이팬도 사야 했다.

마침내 당일이 되어 아침부터 밤까지 두들겨 부수고 매고 달고 하는 난폭한 하루가 어찌어찌 지나갔다. 구석구석 침입한 톱밥 가루를 쓸고 닦고 방마다 늘어놓은 주방용품들의 제자리를 찾아주고 나자 징징거릴 기운도 남아 있지 않았다(친구들은 '누구나 한 번은 하는 일'이라며 나를 어르고 달랬지만 전혀 위안이 되지 않았다).

주방이 반짝거리니 이번에는 거실이 우중충해 보였다. 소파를 바꾸고 피아노를 내다 버린 게 이때의 일이다. 여름이 슬슬 시작될 무렵이었는데 20년쯤 된 벽걸이에어컨이 되다 안되다 해서 이것도 바꾸었다. 기회만 엿보고 있었는지 보일러가 우르르쾅쾅 무서운 소리를 내서 A/S를 불렀더니 수리하는 비용이 새것으로 교체하는 비용과 거의 비슷하다며 선택의 여지를 주지 않았다. 보일러를 교체하고 나니 보일러가 들어 있는 벽장이 어수선해서 또 마대자루를 사야 했다. 여세를 몰아 책방을 뒤집어엎고 그 김에 옷가지도 정리했다. 역시 20년을 훌쩍 넘긴 침대(이사하면서 여기저기 부딪쳐 이미 너덜너덜해진)가 동강이 나서 새 침대를 들였다. 집을 한바탕 뒤집고 보니 낡고 꼬질꼬질한 멀티탭들이 몹시 위험해 보여 교체했다. 이외에도 최소 20년 이상 버티고 버틴 가전제품들(밥솥, 커피머신, 전기포트 등등)을 모조리 바꾸었다. 마포구청 대형폐기물 신청 페이지에 단기간 내 가장 많은 접속을 한 사람이 나였을 것이다.

'이제 할 만큼 했다'고 자부하며 칭찬을 받을 속셈으로 엄마에게 이 모든 과정을 고해바쳤는데 엄마는 '아직 멀었다'는 입장을 조심스럽게 내비쳤다. 엄마에게는 계획이 다 있었다. 주방 다음 순서는 목욕탕이고 그다음은 도배였다. 목욕탕 공사 때는 민원이 들어왔고 도배는 뭔가가 잘못되어 총 세 번을 했다. 이 모든 과정이 반 년 동안 이루어졌다.

반짝거리는 집을 갖게 된 사람의 의무를 수행하기 위해 수시로 청소기를 돌리며 '다 지나간 일이니 후회하지 않아'를 주문처럼 외운다. 괄호 열고 (청소기를 향해) '이게 다 너 때문이야' 괄호 닫고. 지난한 과정에 대한 소회는 중략. 마지막 다짐은 '앞으로는 깨끗하게 살겠습니다.'

달 위의 낱말들

펴낸날 2022년 7월 1일 초판 1쇄

지은이 황경신
펴낸이 이태권
펴낸곳 소담출판사
　　　　서울특별시 성북구 성북로5길 12 소담빌딩 301호 (우)02880
　　　　전화 | 02-745-8566 팩스 | 02-747-3238
　　　　등록번호 | 1979년 11월 14일 제2-42호
　　　　이메일 | sodambooks@naver.com
　　　　홈페이지 | www.dreamsodam.co.kr

ISBN 979-11-6027-295-6　03810